KB033421

엄마는
인도에서
아난다라고
불렸다

엄마는 인도에서 아난다라고 불렸다

2020년 11월 2일 초판 1쇄 발행

지 은 이 | 정인근, 홍승희
펴 낸 이 | 서장혁
책임편집 | 이다은
디 자 인 | 이가민
마 케 팅 | 한승훈, 최은성

펴 낸 곳 | 봄름
주   소 | 경기도 파주시 회동길 216 2층
T E L | 02) 1544-5383
E-mail | support@tomato4u.com
홈페이지 | www.bomlm.com
등   록 | 2012. 1. 11.

I S B N | 979-11-90278-42-3 (03810)

봄름은 토마토 출판그룹의 에세이 브랜드입니다.

엄마는
인도에서
아난다라고
불렸다

정인근×홍승희

봄름

엄마에게 전화가 오면 열 번 중 한 번꼴로 전화를 받는다. 엄마는 분명 술을 마셨을 테니까. 나에게 엄마는 그 자리에서 매일 술 마시는 사람. 엄마에게 나는 여행을 즐기는 탐험가다.

"승희야 이번엔 어디야?"

"나 인도에 있어, 엄마."

"승희야 어디야?"

"나 태국."

내가 한국을 떠나 이곳저곳 다닌다고 했을 때, 엄마는 어떻게 그렇게 살 수 있느냐고 신기해했다.

그렇게 처음으로 혼자 가방 하나를 메고 떠났던 인도는 이제 또 다른 나의 거주지다. 어디서든 살고 싶어 들어온 방. 그곳에 엄마를 초대했다.

내 방문을 벌컥 열고 들어온 아난다. 여행을 떠나기 전 아난다는 4년을 만난 연인에게 폭행당했다. 나는 당장 그를 살인미수, 데이트 폭력범으로 감옥에 처넣고 싶었지만 많은 데이트 폭력 피해자들이 그렇듯 엄마는 그를 동정하곤 했다. 자신이 맞을 짓을 했다는 말도 했다. "엄마 정신 차려. 정신 붙잡아." 엄마랑 붙어 있는 내내 하던 말이다. 우선 엄마가 안전하기를, 자유롭기를 바랐다.

인도에서 물었다.
"엄마는 왜 해외여행을 안 갔었어?"
"엄두가 안 났지."
생각해 보니 내 질문은 조금 뻔뻔했다. 아난다는 내 나이일 때 나와 언니를 키우며 하루하루를 보냈다. 내게 여행은 간편

한 선택지여도 엄마에게는 엄두가 나지 않았을지 모른다.

내가 여섯 살 때 엄마는 처음 집을 나갔다. 언니랑 나는 "엄마"를 외치며 동네 여기저기를 돌아다녔다. 슈퍼에 들어가서 "우리 엄마 못 봤어요?" 하며 엉엉 울기도 했다. 울다가 지쳐서 집으로 돌아오면 엄마는 짐 보따리를 가지고 먼저 집에 도착해 있었다.

엄마를 껴안고 엉엉 울었지만, 짐을 풀던 엄마의 표정이 슬펐다. 그 후로 엄마의 짐 가방은 묶였다가 풀러지고 묶였다가 풀러지고를 반복했다. 사실 엄마가 집을 나가길 바랐다. 엄마가 사라진 날이면, 길을 잃다 돌아온 나를 안아주던 엄마가 보고 싶어서 죽을 것 같았지만 엄마가 나가야 하고 나가야 엄마가 행복하다는 걸 느꼈다. 엄마가 자신의 삶을 저지르기를, 욕먹을 만한 자유를 누리기를 바랐다.

내가 교복을 입기 시작했을 때 엄마는 짐 가방을 들고 아주 집을 나갔다. 열세 살이었다. 엄마는 집을 나간 후에도 몰래 집에 들어와 청소를 하고 냉장고를 채우고 사라지곤 했다. 엄마는 어디로 가는지 알 수 없는 사람이었다. 엄마는 사랑하는 사람을 만나고, 이별하고, 김치 공장에 다니고, 간병인 요양 보호사 교육도 받고 일도 했다. 숲속의 금식 기도원에서 엄마를 만나기도 했고, 알코올 중독 전문 병원에 입원된 엄마를 만나기도 했다.

그런 엄마는 어느 날 갑자기 언니 집으로 돌아왔다. 사랑하는 사람에게 욕을 듣고 손찌검을 당한 엄마를 만났을 때, 엄마는 넓은 세상을 한 바퀴 돌고 온 사람 같았다. 나보다 먼저 여행을 시작한 엄마.

함께 떠나온 인도에서 우리는 일기를 썼다. 서로에 대해 썼다. 꼭 약속한 것처럼 그랬다. 같은 책상에 앉아 서로의 일기를 엿보며 우리는 엄마도 딸도 아닌, 아난다로 칼리로 살아낸 서로의 인생을 쓰다듬었다. 아난다의 일기장에는 이렇게 쓰여 있었다.

"이제 걸음마를 하는 것 같다. 하고 싶은 게 많다."

차 례

프롤로그 여행을 시작하며 _005

2018년 11월 19일 _011

2018년 11월 27일 _015

2018년 11월 28일 _027

2018년 12월 9일 _032

2018년 12월 10일 _037

2018년 12월 11일 _043

2018년 12월 12일 _057

2018년 12월 13일 _089

2018년 12월 14일 _096

2018년 12월 15일 _103

2018년 12월 16일 _110

2018년 12월 17일 _121

2018년 12월 18일 _128

2018년 12월 19일 _133

2018년 12월 20일 _140

2019년 2월 1일 _152

에필로그 세상의 모든 아난다들에게 _158

#아난다

2~30년 동안 참 많은 이야기가 있었다. 행복하고 화나고 슬프기도 했던 수많은 시간들. 모두가 소중하다. 지금 생각하고 돌아보니 그렇다. 지금은 안다. 내 자리, 내 삶의 방향이 어디인지.

왜 이렇게 멀리 돌아왔을까. 편안하고 따뜻하게 늘 그 자리에 있었는데. 그 당시에는 아프고 힘들었지만 지금은 마음이 아주 편안하고 행복하다. '왜 나에게 이런 일들이 벌어진 걸까' 하고 한숨을 쉬다가도, 모든 것은 다 지나간다 생각하며 지금의 고요한 마음에 귀를 기울여본다.

늘 제자리에서 편안한 집이 되어주는 승은 아빠에게 고맙다. 예쁜 두 딸이 여기 있고, 나를 화나고 아프게 해도 승은 아빠도 늘 여기에 있다. 이제는 흔들리지 않고 지금의 나로 여기에 안주하며 내가 좋아하는 일들을 해야겠다. 비 온 뒤에 땅이 굳듯이 이제는 튼튼한 반석 위에 설 것이다. 그저 살아 있는 것만으로도 감사한 것을. 지금 이 순간이 소중하다. 지금 이 시간 글을 마친다. 엄마가 걱정되긴 하지만 가족들이 있어 감사하다.

#칼리

엄마가 언니 집으로 왔다. 엄마는 며칠 동안 술을 마셔서 축 늘어진 채 집으로 돌아왔다. 엄마는 힘들었는지 힘없이 인사하고 소파에 앉아 있다가 누웠다. 이제 엄마에게 "엄마 왜 이렇게 술을 많이 마셨어"라고 말도 못하겠다.

엄마의 어깨 뒤쪽에 멍이 생겼다. 엄마는 애인에게 이별을 고했다가 산속에 끌려가 죽으라는 협박을 받았다고 한다. 도대체 얼마나 힘들었던 걸까. 왜 이 지경이 되도록 가만히 있었을까. 답답하고 화가 났다. 엄마도 어떻게 할 방법이 없어서 술을 마실 수밖에 없을 거다. 술을 마셨다고 엄마를 나무랄 수가 없다.

엄마는 누워 있다가 벌떡 일어나 냉장고에서 김치를 꺼내 밥을 먹고 다시 초롱초롱한 눈으로 앉았다. 엄마에게도 집이 필요한지 몰랐다. 엄마는 당분간 언니 집에서 지낸다. 친구 집에 얹혀살던 나도 당분간 언니 집에서 지내기로 했다. 엄마가 위험한 곳으로 가지 않고 안전하게 지내면서 술을 줄

일 수 있도록 옆에서 돕고 싶다.

　엄마는 타로 카드를 좋아한다. 엄마와 언니와 나는 가끔 타로 카드를 펼쳐서 한 장씩 뽑았다. 엄마가 온 날도 우리는 타로 카드를 뽑았다. 오쇼젠 타로에서 엄마가 뽑은 카드는 '비애와 슬픔'이었다. 카드 속 인물은 '아난다'였다.

　아난다의 이야기는 이렇다. 부처님이 돌아가신 후 아난다는 몹시 슬퍼했다. 동료는 죽음은 열반에 드는 것이니 기쁜 일인데 왜 슬퍼하느냐고 묻는다. 그러자 아난다는 그걸 알면서도 슬픈 것이 슬프다며 비애에 젖는다. 아난다는 그날 밤을 새우고 열반에 들었다고 한다.

　아난다가 사랑과 죽음에 슬퍼하며 추억을 끌어안는 동안 부처님은 아난다 안에서 깨어났다. 삶과 죽음은 인간의 굴레이기도 하지만 같은 장면 안에 늘 도움을 주는 구원자들이 있다는 것을 아난다는 알았다. 아난다는 사무치는 슬픔에도 부처와 삶과 죽음을 붙들고 밤을 지새웠다. 슬픔을 버리지 않고 아침까지 끌어안고 아파했던 아난다의 모습이 엄마와 겹친다.

2018년 11월 27일

#아난다

엄마와 통화했다. 오빠가 차려준 밥을 드시고 약도 잊지
않으셨단다. 잘 계시는 듯해 마음이 편안해진다. 목소리가
우렁차진 않지만 차분한 목소리다. 엄마가 나에게 말했다.

"너 꼼짝 말고 있어라."

누가 밤중에 나를 찾으러 온 것 같다며 여기로 오면 위험
하니까 그곳에 있으라는 거다. 누가 나를 찾으러 왔나 보다.
그 사람인가. 무섭다.

승희와 함께 인도에 가기로 했다. 승희가 그리워하는 인도는 어떨지 궁금하다. 승희와 인도에서 지내면서 승희의 마음을 알고, 나누고 싶다. 승희가 이곳 한국에서는 마음이 힘들고 지쳐 있는데, 인도 이야기만 나오면 행복해 보인다. 그곳이 어떤 곳인지 참 많이도 궁금하다.

여권 사진을 찍으러 가는 차 안에서 승은이가 내 머리를 만져주고 화장도 해주었다. 너무 행복하고 기분이 좋았다. 구청 근처에 있는 '즐거운 사진관'에 갔다. 승은이는 내 변비약을 사러 약국에 가고, 나는 승희와 구청에 가서 여권을 신청했다. 여권 사진을 봤다. 사진사가 얼굴을 예쁘게 고쳐줘서 사진이 잘 나왔다.

집에 와서 정희진 작가의 《아주 친밀한 폭력》을 읽었다. 아직까지 가부장적인 우리 사회에서 가정 내 아버지가 갖는 권력이 너무 세다. 안타깝다. 남편이 아내를 폭행해 살해하면 '과실치사', 아내가 폭력에 저항하다 남편을 살해하면 '살인범죄'로 판결나는 경우가 많다고 한다.

마음이 아프다. 하루아침에 바뀌지는 않겠지? 이 사회가, 그 안의 편견들이 답답하게 느껴진다. 여성을 향한 폭력, 폭언, 살인 사건들이 매스컴을 통해 계속해서 전해지고 있지만, 문제가 나아지는 것 같지는 않다. 이렇게 방임, 방치되는 거 아닌가. 휴…. 한숨이 나온다.

며칠 전, 아침에 엄마와 식탁에 마주 앉아 있다가 대뜸 물었다.

"엄마 나랑 인도 갈래?"

내가 거의 살다시피 한 인도에 엄마를 초대하고 싶기도 했고, 먼 곳으로 떠나면 엄마의 기운도 환기가 되지 않을까 싶었다. 엄마도 나처럼 여행하는 걸 좋아하니까. 엄마가 정말 같이 가자고 할까 걱정했는데, 엄마는 예상외로 흔쾌히 대답했다.

"그래!"

이렇게 우리는 이르면 다음 주 주말이나 다다음 주에 인도에 가게 되었다. 이번에 엄마랑 인도를 가지 않으면 안 될 것 같은 느낌이 들어서 급하게, 그러나 즐겁게 준비하고 있다. 먼저 비행기 항공권을 알아보았다. 직항은 비싸서, 늘 내가 가는 방식대로 2~3회 경유해서 가는 비행기 표를 끊었다. 피곤한 여정이 되겠지만 함께하니까 그것도 재미있을 거다.

다음 할 일은 여권을 만드는 일. 여권 사진을 찍으러 나가기 전, 언니가 엄마 얼굴에 화장을 해줬다. 엄마 얼굴은 더 뽀얘지고 눈매도 더 또렷해졌다.

"엄마는 화장 안 해도 예쁜데 화장하니까 더 예쁘다!"

엄마는 주름살이 많다며 부끄러워했지만 기분 좋게 거울을 봤다. 여권 사진을 찍으러 사진관에 갔다. 엄마는 어색하게 포즈를 취했다. 사진사가 "오른쪽으로요. 왼쪽으로 조금만 더요" 할 때마다 엄마는 어쩔 줄 몰라 하다가 나중에는 살짝 미소 지으며 무사히 사진을 찍어냈다. 커다란 모니터에 나온 사진들을 하나하나 보다가 그중에서 가장 자연스럽게 미소를 짓고 있는 사진으로 골랐다.

사진사가 큰 모니터 화면으로 엄마 사진을 띄우고, 포토샵으로 주름살을 살짝 지우고, 전체적인 피부 톤을 보정했다. 엄마는 "어머, 어머" 하면서 신기하다고 마음에 들어했다. 얼마 만에 찍는 사진인지 모르겠다고, 일자리를 구할 때

이력서에도 써야겠다며 사진들을 봉투에 잘 담아서 가방에 넣었다.

사진관에서 나와 여권을 신청하러 구청에 갔다. 엄마의 지문이 필요한데 지문을 찍을 때마다 오류가 났다. 뜨거운 냄비를 맨손으로 잡고 설거지도 맨손으로 하던 엄마의 습관 때문인지 지문을 인식하려고 할 때마다 '삐-' 소리가 났다. 엄마가 말했다.

"이것 봐. 맨날 이렇게 지문 인식이 안 된다니까."

구청 직원은 괜찮다며 다른 방법이 있다고 말했다. 엄마는 "외국에 나가서도 지문이 필요한가요? 나는 지문 인식이 안 되는데…"라고 물었다. 나는 외국에서는 상관없으니 걱정 말라고 말했다.

이번에는 공무원이 엄마의 본적지가 어디인지 물었다. 반사적으로 내가 대답하려고 하자 공무원은 본인이 답하는 거라고 말했다. 아차, 싶었다. 엄마도 혼자 할 수 있는데. 내가 여권을 처음 만들 때 헤매고 긴장했던 과정을 엄마에게서 빼앗는 건 아닐까 생각했다.

나를 낳고 출생 신고를 하던 스물두 살의 엄마도 이런 걸 하면서 기뻤을까. 이런 이상한 세상에 태어나게 해서 너무 미안했을까. 엄마는 그때 얼마나 막막하고, 설레거나 불안했을까?

돈을 쓸 때 필요한 카드를 만들면서도 많은 생각이 들었다. 나는 해외에서 쓸 수 있는 마스터카드가 있지만, 엄마는 계좌를 통장으로만 관리해서 특정 은행의 ATM이 필수였다. 이런 엄마에게 교통카드, 체크카드, 인터넷뱅킹, 스마트폰뱅킹이 모두 되면서 해외에서도 쓸 수 있는 비자카드나 마스터카드를 만들어주고 싶었다. 정기적으로 찾아오는 휴대폰 미납 요금 독촉 문자가 귀찮고 통장 잔액이 표시되는 휴대폰 알람이 짜증날 때도 있지만, 이런 변화가 엄마에게 낯선 환경에서 안심할 수 있는 거름이 되지 않을까 생각했다.

그렇게 며칠 동안 엄마의 여권과 체크카드를 만들기 위해 바쁘게 보냈다. 엄마가 불안하지 않도록, 행여나 해외여행이 어렵고 두려운 일이라고 생각하지 않도록 매끄럽게 진행되도록 신경 썼다. 은행에 가기 전에 미리 전화해서 카드 발

급 소요 시간과 점심시간을 확인하고, 여권 사진을 찍을 때도, 여권을 신청하러 갔을 때도 긴장됐지만 엄마 앞에서는 아무렇지 않은 척 애썼다.

이왕이면 가장 길고, 많이 쓸 수 있는 40장이 넘는 10년짜리 여권으로 신청했다. 지문을 어떻게 잘 처리하고 여권을 신청했다. 3, 4일 후에 여권이 나온다고 한다.

집으로 돌아와 엄마와 언니와 둘러앉아 책을 읽었다. 엄마는 정희진 작가의 《아주 친밀한 폭력》을 읽으며 몇 번이나 화딱지가 난다고 했다. 책을 뒤집고 머리가 아프다고 했다. 엄마가 책에 긋는 하늘색 형광펜이 처음에는 반듯했는데 점점 힘이 들어가고 구불거리다가 나중에는 흐물흐물해졌다.

엄마에게 페미니즘은 어떤 의미일까. 어렸을 때부터 여자는 무조건 순결을 지켜야 한다고 교육받으며 자라다가 아빠를 만나 첫 경험을 하고 결혼했던 엄마. 결혼 후 언니를 낳고, 2년 후 나를 낳으며 군인이던 아빠와 이사를 다니고 사랑을 주는 엄마의 역할을 충실히 수행해 온 엄마에게 페미니즘은 엄마의 삶을 통째로 부정하는 언어로 느껴지진 않을까 생각했다.

그러나 나는 겉으로 볼 때 그저 여자의 일생이라는, 뻔한 레퍼토리로만 해석될 수 없는 엄마만의 고유한 빛깔들을 기억한다. 엄마는 접촉 사고가 나면 아빠보다 당당하게 나서서 사건을 중재하고 해결하는 해결사였다. 퇴근해 집으로 돌아온 아빠 몰래 어딘가에 숨어서 깜짝 놀라게 하는 걸 즐기는 장난꾸러기이기도 했다.

엄마의 일상은 그저 억압으로만 해석될 수 없다. 사랑하는 사람을 만나고, 새로운 모험을 시작한 것도 모두 엄마의 체험이고 삶이다. 그 삶에 누구도 손가락질하거나 부정할 수 없다는 걸 이야기하는 게 페미니즘이다. 여성이 여성이기 전에 인간이고, 엄마도 엄마이기 전에 인간이라는 걸 알려주는 언어이니까.

그래서 엄마와 계속 책을 읽으며 대화하고 싶다. 어린 자식을 두고 이혼했다는 자책으로 여전히 우리에게 미안하다

2018년 11월 27일

고 말하는 엄마가 이제라도 자유로워지면 좋겠다. 엄마는 엄마이기 전에 나처럼 상처받고 사랑하고 성장하려고 고군분투하는 사람이다. 책상에 앉아 엄마와 책을 읽으며 그걸 다시 느낀다.

엄마와 함께 떠나는 인도는 어떨까. 엄마와 나는 우리 집에서 망나니라는 별명이 있다. 식구들이 둘러앉으면 그런 이야기로 흐른다. 엄마는 노는 걸 좋아했다. 나도 그랬다. 내가 중학교 2학년 때 가출하고 밤거리를 배회할 때 엄마도 친구들과 술을 마시며 놀았다. 도덕이나 학교에 갇힐 수 없는 사자처럼, 늑대처럼 밤거리를 배회하길 좋아했다. 엄마는 소사모(소주를 사랑하는 사람들의 모임) 사람들과 우정을 나누었고, 나도 또래 친구들과 우정을 나누었다. 우리는 그 시간이 즐거웠을 뿐이다.

엄마가 언니의 집으로 온 첫 날. 언니와 나와 엄마는 오랜만에 만나 여러 이야기를 나누었다. 엄마는 주로 정신 병원에 갔던 이야기, 나는 교도소에 갔던 이야기를 서로에게 해주었다. 엄마는 알코올 중독 전문 병원에 강제 입원했었다. 그래서 앰뷸런스만 보면 자기도 모르게 숨게 되고 심장이 뛴다고 했다. 나는 박근혜 전 대통령을 풍자하는 그라피티를 그리다가 벌금을 받아 교도소 노역을 했다. 나도 경찰차를 보면 괜히 숨게 된다고 이야기 했다.

우리는 오래전 한 배를 타고 항해하다 돌아와 그동안 여정이 어땠는지 이야기해 주는 탐험 동료 같았다. 엄마는 내가 교도소 이야기를 할 때 눈이 반짝거렸다. 나도 엄마가 하는 이야기 중 정신 병원에서 겪은 이야기가 가장 흥미로웠다.

내가 열일곱 살 즈음, 오랜만에 언니와 아빠와 함께 병원에 입원한 엄마를 면회갔을 때 엄마의 모습이 잊히지가 않는다. 표정에 활기가 어려 있고, 훨씬 건강해진 것이 눈에 보였다. 엄마는 말했다.

"여기 병원에서 나 반장도 하고 열심히 운동하고 공부도 해. 재미있어. 좋아."

2018년 11월 27일

그리고 이어서 말했다.

"그러니까 이제 괜찮다니까. 나 정상이야. 의사 선생님도 나 정상이래. 왜 여기 온 거냐고 묻는다니깐!"

나는 엄마의 말을 믿어야 할지 말아야 할지 몰랐다. 엄마는 나처럼 충동적이고 모험을 좋아할 뿐이었다. 그걸 믿어주지 못한 건 나였다. 이렇게 망나니 같은 우리가 갑자기 인도에 가는 건 자연스러운 흐름인지도.

#아난다

엄마와 통화를 했다. 다리가, 아니 온몸이 많이 부으셨다고 한다. 어쩌나. 목소리가 점점 작게 들린다. 우리 엄마, 건강해야 할 텐데…. 마음이 아련해진다. 엄마를 생각하면 곁에서 더 잘해드릴 걸 후회가 든다. 아프지 마세요, 엄마! 사랑해요.

　승은이와 승희와 식탁에 앉아 페미니즘에 대한 이야기를 나누었다. 사람들은 다른 사람이 겪은 일을 쉽게 말하곤 한다. 불륜도 그렇다. 내가 하면 사랑이고, 남이 하면 불륜이라고 한다. 지금 생각해 보면 나 역시 그랬다. 시집간 여자가 다른 남자와 어떻게? 왜? 비도덕적이고 파렴치하다고 생각했다. 요즘에는 '꽃뱀'이라고 하듯, 전에는 여자들을 '아주 나쁜 년'이라 부르고, '여자는 요물'이라 했다. 나는 이런 말에 별다른 저항감을 갖지 못하고 살았다.

나에게도 그렇게 말하던 사람들이 있었다. 아이들이 있는데도 이혼하고, 다른 사람을 만나는 나를 보면서 손가락질 하던 사람들을 마주쳐 왔다. 내 상황은 모르면서 시집간 여자가 다른 남자를 만난다고 말이다. 하지만 이제 다 지나갔다.

내가 만났던 사람들에 대한 기억이 떠오른다. 나는 묻곤 했다. "내가 뭐가 그렇게도 좋으니?!" 그러면 대답이 돌아왔다. "응 그냥 다 좋아. 10개가 넘는데 한 가지만 빼고." 그러면 내가 물었다. "그게 뭔데?" 상대방이 대답했다. "술."

술을 많이 마시는 걸 빼면 나를 좋아하던 사람들. 그래도 함께 술을 마실 때 나는 위안을 얻었고 편안했다. 그렇게 편안한 순간이 좋았을 뿐이다. 울기도 많이 울었다. 만났던 이들을 떠나보낸 후에 처절하게 아프기도 했다.

그러나 이 모든 아픔과 그리움은 시간이 흐른 만큼 기억 속에서 희미해졌다. 다행이다. 그 속에 내내 얽매이면 어쩌나 걱정했는데. 그 아픈 시간이 끝나지 않을까 봐 걱정했는데. 그래도 지금의 난 알고 있다. 희미해진 아픔과 그리움 속에 예쁜 추억도 있다는 걸. 승은, 승희한테는 미안하지만 말이다.

마음 다잡고 정신 똑바로 차리자. 정희진 작가가 《아주 친밀한 폭력》에서 했던 말처럼 오늘도 역시 기쁜 마음으로 '뚜벅뚜벅' 걸어가야겠다. 나는 인도로 떠난다. 사랑하는 딸과 함께 예쁜 추억도 만들 거다. 좋다.

2018년 11월 28일

#칼리

오늘도 엄마, 언니와 책을 읽었다. 이렇게 둘러앉아 함께 책을 읽고 글을 쓰고 이야기 나누는 시간이 하루 중 가장 편안하다. 엄마와 언니가 이야기하는 소리에 눈을 뜰 때 정말 행복하다.

오랜만에 엄마가 만났던 사람들에 대한 이야기도 나누었다. 엄마는 나에게는 잘 하지 않는 애인의 이야기를 언니에게는 잘 하는 편이다. 나는 엄마에게 아직 둘째 막내딸, 애기 같은 존재라면 언니는 엄마에게 좋은 친구 같은 느낌이다. 엄마도 그렇게 말했었다.

엄마는 추억을 떠올리면서 아팠고 사랑했던 이야기를 털어놓았다. 언니는 엄마에게 말했다.

"억지로 잊으려고 하지 말고, 그 사람과 이별한 것도 잘 정리하면서 아름답게 이별하면 되는 거야."

엄마는 안심한 듯 수긍했다.

그저 엄마가 다시 그 사람에게 가서 상처가 반복될까 봐 불안했는데, 엄마의 이런 사랑 이야기를 들을 생각은 하지 못했다. 엄마에게도 나처럼 만났던 사람들과의 고유한 추억도 있는데 말이다. 사랑하는 사람에게 폭력을 경험하는 일은 스스로도 납득하기 어려운 충격으로 남는다. 나는 엄마에게 폭력을 휘두른 그 사람을 당장 경찰에 신고해 감옥에 가게하고 싶지만 엄마가 그것을 원하지 않는 것 같았다. 그런 엄마의 마음도 존중해야 하는 거겠지. 엄마가 지난 인연을 잘 정리해서, 누구에게도 자신의 서사를 빼앗기지 않고 이야기로 남기고, 다음 장면을 자유롭게 상상할 수 있도록 조금의 도움이 되고 싶다.

2018년 11월 28일

#아난다

인도에 가는 승희와 나를 볼 겸 어제 승은 아빠
가 왔다. 맛있는 밥을 먹고 잠에 들었다. 오늘 아침에는 일
찍 일어났다. 승은 아빠도 일찍 일어났다. 함께 식사를 하는
데 곧 승은이와 승희도 깼다. 나는 미리 챙겨놓은 짐 가방을
멨다. 승은 아빠가 가져온 여행 가방이다.

　인천 공항으로 가는 길에는 승은이와 승은이의 애인 명훈
이가 함께했다. 공항에 내려서 승희와 함께 여권을 들고 걸
었다. 승희와 함께 공항을 걸어 다니는데 너무 복잡하고 어

안이 벙벙해서 정신이 없었다. 떠나거나 돌아오는 사람들로 북적였다. 이것 또한 새로운 경험이다.

한국 인천 ▶ 태국 방콕, 오후 8시 8분 비행기 탑승. 우리는 두 번을 경유해서 인도로 갈 예정이다. 비행기는 제주도에 갈 때 두 번 정도 타봐서 그런지 낯설지 않았다. 한 번은 승은 아빠와 신혼여행, 다른 한 번은 엄마와 언니와 함께 갔던 제주도 여행이다.

지금 비행기는 경유지인 방콕으로 간다고 한다. 안내 방송과 함께 가곡 〈소나무〉가 울려 퍼진다. 좋아하는 노래가 나와 기분이 좋다. 승희와 함께라 감회가 새롭다. 옆 좌석에는 알 수 없는 언어를 하는 사람들이 앉아 있다. 근데 왠지 친근해 보인다. 우리는 그저 하나인가 보다. 무슨 말을 하는지 언어는 잘 못 알아듣겠지만 말이다. 이제 떠나려나 보다. 비행기가 서서히 출발한다. 기대된다. 우와~ 활주로를 따라 출발!

내가 고등학교 때 들었던 팝송이 흘러나온다. 감회가 새롭다. 지금의 감정을 어떻게 표현해야 할지 모르겠다. 얼마만에 여행인가!

알고 싶었다. 막내딸 승희가 외롭거나 기쁠 때 혼자서 떠났던 인도에 대해 함께 알고 싶었다. 여행도 좋지만 승희를 더 알고 싶기도 하다. 많은 이야기, 걱정, 고민 들이 함께할 것이다. 인도로 가고 있다. 정말 좋다.

속도 436km/h 잔여 시간 4:18hr. 지금이 몇 시인지, 여기가 어디인지 모를 지금이 참 좋다. 기내식으로 빵 한 조각과 해물 요리가 조그만 통에 나왔다. 마치 소꿉장난 같다. 승희는 빵 대신 밥을 먹었다. 와인도 주문하면 나온다. 의자에서는 방송이 나오는데 음악, 텔레비전, 영화 등 다양한 채널이 있다. 비행기에 타기 전 공항 서점에서 산 혜민 스님의 《고요할수록 밝아지는 것들》을 조금 읽고 변진섭 노래를 들었다. 평온하고 좋은 밤이다.

나는 여행 가방을 무조건 가볍게 챙긴다. 어차피 필요한 것은 도착한 목적지에서 구할 수도 있고, 생각해 보면 꼭 필요하지 않은 것들이 많기 때문이다. 옷가지도 꼭 필요한 두세 벌만 챙긴다. 그런데 엄마의 여행 가방을 보니 옷가지가 다섯 벌은 되는 것 같았다. 엄마에게 아무리 많이 챙기지 말라고 말해도 엄마는 끝내 모든 짐을 챙겨왔다. 무거울 텐데. 그래도 엄마 나름대로 이유가 있을 거니까. 큰 캐리어 가방을 들고 가는 것도 아니고, 각자 배낭 하나씩만 들고 가는 거니까 이 정도면 가벼운 짐이다.

우리가 가는 인도 다람살라는 인도 북쪽에 있어 12월이면 추운 겨울 날씨다. 이렇게 추울 때는 나도 가본 적이 없는데, 눈 오는 다람살라는 어떨지 궁금하다.

공항에서 비행기에 오를 때까지 엄마와 나는 셀카도 찍

고, 카페에 앉아 샌드위치도 먹고, 공항 흡연실도 구경했다. 혼자서 여행하는 게 익숙한 내게 누군가와 동행하는 일은 낯설고 어렵다. 그런데 엄마와 동행하는 길은 따스하고 편안하다. 적어도 지금까지는. 동행이 어떻게 즐거울 수 있는지 희미하게 알아가고 있다.

2018년 12월 10일

#아난다

경유지인 방콕에 도착했다. 한국 시각 오전 4시 57분. 방콕 현지 시각 오전 2시 27분이다. 우리나라가 방콕보다 두 시간 더 빠르다. 공항에서 대기하는 시간이 길었다. 휴게 공간인 스카이라운지에 왔다. 한 사람당 3만 원을 내면 스카이라운지에서 빵, 밥, 닭, 돼지고기, 과일 등이 차려진 뷔페에서 식사를 할 수 있다. 음식을 맛있게 먹고 여성 전용 개인 샤워실에서 씻었다. 따뜻한 물이 나와 너무 개운하고 좋았다.

씻고 나와서 글을 쓴다. 아무 생각이 안 든다. 내일 아침 8시에 방콕에서 델리로 가는 비행기를 탑승한다. 델리에 도착하면 다람살라로 가는 비행기를 타기 위해 한 번 더 긴 시간을 보내야 한다. 피곤하지만 좋은 시간이다.

방콕 시각 오전 6시 39분. 공항에서 환한 빛을 받으며 아침을 맞는다. 너무나도 좋고 맑은 날씨! 아주 낯설지도, 친밀하지도 않은 방콕에서의 시간. 승희와 델리행 비행기를 기다리고 있다. 마냥 새롭다.

태국 방콕 ▶ 인도 델리 오전 8시 13분 비행기 탑승. 좌석 번호 14A, 14B. 8시 40분 이륙. 비행기 안은 마치 옛날 시골 버스 같은데, 이 비행기가 인도에서 두세 번째로 크다고 한다. 델리는 인도의 수도다. 우리는 델리를 경유해 다람살라로 간다.

새벽 12시 30분쯤 델리에 도착했다. 밤 늦게까지 비자 업무를 보는 직원들이 있었다. 승희와 나도 줄을 서서 도착 비자를 받았다. 나에게 이름과 직업을 물었다. 다들 웃으면서 친절하게 안내해 주었다.

도착 비자를 받은 후 승희와 1층 라운지에서 열 시간 동안 머물기 위해 비용을 지불했다. 우리나라 돈으로 6천 원이다. 열 시간 동안 여기에 있어야 한다. 소파 같은 큰 의자와 전등과 물, 작은 탁자가 있다. 오는 내내 너무 힘들어서 잠을 못 잤다. 다 좋은데, 비행기의 의자 간격이 너무 좁아서 다리와 발이 퉁퉁 부었다.

그렇지만 모두 친절하고 자연스럽게 대해준다. 아주 편안하게. 1층에 자리를 잡아놓고 공항 내부에 있는 인도 식당에서 승희와 인도의 라이스랑 빵, 망고를 먹었다. 남인도 빵이라고 하는데, 떡 같기도 하고 새로웠다. 다시 라운지로 돌아와서 잠을 청했다. 얼마 안 자고 일어났다.

지금 내 옆에서 승희가 작게 코 고는 소리가 난다. 많이 피곤했나 보다. 아주 잘 자고 있다. 이렇게 피곤한데 그동안 승희 혼자서 얼마나 힘든 모험이었을까. 진작 함께했으면 얼마나 좋았을까.

내일 목적지인 다람살라에 도착하면 숙소를 정하고, 야채를 사서 집에서 요리도 해 먹고, 거리 구경도 하려 한다. 승희가 없었으면 영어도 못하고 꼼짝 못 했겠지? 많이 고맙다. 정도 많고, 순수하고, 사랑이 많은 승희. 인도가 좋다는 승희의 말에 귀 기울이고 존중하고 이해하려 한다. 있는 그대로의 승희 마음을.

승은 아빠와 통화했다. 많이도 궁금했나 보다. 인도와 한국은 세 시간 삼십 분 정도 시차가 있다. 방금 승희와 라운지 안에 있는 샤워실에서 샤워를 했다. 따뜻한 물이 나와서 너무 좋았다. 공항 밖으로 잠시 나가 델리의 경치를 구경했다. 공항에 있는 바퀴 달린 수하물 카트로 승희와 서로 끌어주고 태워주는 놀이를 했다. 한국처럼 겨울 날씨, 공기가 시원해 정말 좋았다. 이곳 사람들은 다들 분주하다. 왔다 갔다 쇼핑도 하고. 야자수 나무도 있고, 밤에도 사람들이 많다.

인도 델리 공항 라운지에 도착했다. 최대한 돈을 아끼기 위해 방콕과 델리를 경유해야 하는 일정이었다. 엄마도 많이 피곤할 거다. 나도 이렇게 피곤하니까 말이다. 혼자다닐 때는 공항 의자 아무데나 누워서 쪼그리고 노숙을 했는데, 엄마에게도 그러자고 차마 할 수 없다.

엄마와 함께 놀러 온 기분으로 공항 라운지 여기저기를 다니기로 했다. 방콕 공항에 있는 라운지에서 엄마와 맛있는 식사를 하고 한숨 자다가 델리 공항에 도착했다. 지금은 델리 공항에서 다람살라로 가는 비행기를 기다리고 있다. 엄마는 옆 좌석에 앉아서 책을 읽고 있다.

지금 이곳은 인도 시각으로 밤 9시쯤. 엄마랑 함께하는 여행이 꿈만 같고 실감이 안 난다. 그저 기쁘고 재미있다. 비행기에서 공항에서 찍었던 사진들을 엄마에게 보내주었다. 엄마는 사진이 이상하게 나온다며 찍기 싫어했지만 나는 사진을 남기고 싶어서 기어이 몰래몰래 사진을 찍었다. 엄마는 내가 보낸 사진을 보고는 흰머리가 많다며 우울해하다가 또 사진을 찍는 나에게 짜증을 내다가 지금은 다시 책을 읽고 있다. 엄마의 기분은 왔다 갔다 한다. 나도 그렇지만.

이럴 때를 대비해 다운로드해 온 전자책이 있다. 레베카 솔닛의 《멀고도 가까운》이다. 엄마가 이해 안 되거나 엄마에게 짜증이 날 때마다 이 책을 읽기로 작정했다. 그래서 서둘러 책을 폈다. 책에 '부모는 어린 시절 나에게 신이자 거인이던 존재이자, 커가면서 드문드문 친구 같이 공감하는 존재, 스스로 내면화한 나와 싸우고 있는 존재'라고 쓰여 있다. 엄마라는 존재를 나와 분리해서 생각하기가 늘 어려웠는데, 내가 이상해서 그런 게 아니었나 보다. 위로가 된다.

혼자서 여행하는 것과는 차원이 다르다. 이번 여행은 엄마를 이해하고 엄마를 다시 만나는 여행인 것 같다.

#아난다

델리 공항에서 다람살라로 가는 비행기를 탔다.

버스로 갈 수도 있다고 했지만, 승희가 너무 오래 걸리기도 하고 피곤할 거라고 했다. 다음에는 버스로도 이동해 보면 좋겠다. 비행기가 조금 있으면 다람살라에 도착한다. 꿈에 그리던 종착지! 빨리 가고 싶다. 한 시간 남았다. 야호!

다람살라 도착! 다람살라 공항에서 내려 택시를 잡았다. "맥로드 간즈로 가주세요!" 승희가 영어로 말했다. 택시 운전사의 표정이 너무 행복해 보이고 맑아서 물어봤다. "알 유 해피?" 운전사는 해피하다고 대답했다. 말하지 않아도 행복한 느낌이 전해진다.

택시 운전사는 가는 길에 이곳은 어떤 마을, 이 산은 어떤 산이냐고 물어보는 내게 각 지명들을 대답해주었다. 택시는 산비탈을 따라 계속 올라갔다. 산으로 둘러싸인 작고 아담한 마을. 산 정상으로 갈수록 드문드문 매점들이 있다. 마을에는 4, 5층으로 된 건물이 많았다. 건물들의 색은 승희가 좋아하는 '알록이 달록이'다. 빨간색, 분홍색, 하늘색, 연두색, 연보라색, 노란색….

마을 귀퉁이에서 당나귀 무리가 내려온다. 당나귀를 가까이에서 처음 본다. 우리 엄마도 옛날에 당나귀를 키웠다던데, 왜 이리도 마음이 편안할까. 택시 창문을 여니 정겨운 소똥 냄새, 시골 냄새가 났다. 고향 같은 냄새다.

택시에서 내려 메인스퀘어에서 가까운 옴 게스트 하우스로 향했다. 빈방이 있을지 모르겠다고 승희가 걱정했지만,

다행히 방은 많아 보였다. 우리는 창문 너머로 산 아래와 하늘이 펼쳐진 전망이 있는 방을 잡았다. 날씨가 추워 난로도 대여했다.

간단하게 짐을 풀고 마을 아래쪽에 위치한 씨드 카페에 왔다. 승희가 혼자서도 자주 오던 곳이라고 한다. 티베트 청년들이 티베트 독립을 위해 만든 문화 공간이기도 하다. 옛날에 승은이와 승희가 운영하던 인문학 카페와 비슷한 공간이라고 한다.

옆자리에는 승희 또래 친구들이 삼삼오오 모여 앉아 게임을 하고 있었다. 나는 메뉴를 골랐다. 맥주 캔 하나를 따서 먹는다. 맥주 한 잔과 양파, 피망, 미니 토마토. 엄마 집에서 먹던 채소 한 접시가 이곳에서는 맥주 안주다. 야채에 빨간 매운 소스도 나왔다. 승희가 매운 소스는 정말 매우니까 조심하라고 했지만 맛있어서 소스를 더 달라고 해서 다 먹었다. 그랬더니 속이 쓰렸다. 더 구경하고 싶었지만 속이 쓰려서 집으로 가야 했다.

우리는 숙소에 들려서 잠시 쉬었다. 이번에는 승희의 티베트 친구가 일하는 작은 빵집에 갔다. 친구가 반가워했다. 맛있어 보이는 수제 빵 두 개를 샀다. 오는 길에 슈퍼에서 세면도구도 사고, 붉은 포도주도 사왔다. 숙소에 돌아와 빵과 포도주를 한잔하고 씻고 잠자리에 누웠다. 오후 6시 30분인데 벌써 캄캄하다.

다람살라는 안전하고 좋은 곳이길 기도하고 자야겠다. 옆에 승희가 있어서 든든하고 좋다. 승희는 벌써 잘도 잔다. 예쁘다. 우리 엄마도 잘 계시겠지?

#칼리

엄마와 델리 공항에서 맡는 인도의 밤공기는 적당하게 서늘했다. 엄마는 고소 공포증이 있어서 비행이 힘들 거라는 아빠의 염려와 다르게 엄마는 내내 설레는 미소를 지었다. 비행기가 땅에서 떨어져 하늘로 올라갈 때 엄마는 내 손을 꽉 잡고 눈을 질끈 감았다. 그러다가 조금 후 중력이 안정되면 다시 웃으면서 창밖을 구경하고, 사진을 찍고, 일기장을 펼쳐 일기를 적었다.

델리에서 다람살라로 갈 때 비행기를 타는 건 이번이 처음이다. 혼자 왔을 때는 카슈미르 버스 정류장으로 가서 다람살라로 가는 일반 버스를 탔었다. 열네 시간 넘게 흔들리는 에어컨 없는 버스를 타고 다람살라에 도착하면 귓구멍, 콧구멍, 목구멍에 달라붙은 검은 먼지들을 뱉어내느라 하루가 다 가는 식이다.

흔들리는 버스에서 허리도 아프고 엉덩이도 아프고…. 아무리 모험을 좋아하는 아난다지만 이번에는 비행기를 타고 우선 목적지에 안전하고 편안하게 도착해서 모험을 즐기기로 했다. 비행기 좌석이 워낙 좁아서 엄마 발이 퉁퉁 부었다.

내가 초등학교 때 엄마는 동네의 슈퍼마켓에서 일한 적이 있다. 하루 종일 계산대에 서서 계산하는 일이었는데, 하루만에 엄마 발은 퉁퉁 부어 있었다. 엄마의 발을 보고 언니와 나는 엉엉 울었었나. 잘 기억나지 않지만 마음이 아팠다. 아빠도 그랬던지 엄마는 하루 일하고 다음날부터 슈퍼마켓에 나가지 않았다.

엄마는 다리와 발이 잘 붓는 체질이라 오랜 비행이 힘들 거다. 모험을 할 때는 모험이 좋다가도 막상 발과 다리가 붓고 피곤함에 정신이 멍해지면 안전한 환경을 찾게 된다. 어서 다람살라에 도착해서 엄마랑 편안하게 쉬고 싶다.

델리 공항에 도착해서 먼저 도착 비자를 신청했다. 미리 작성해 온 도착 비자 신청서를 들고 창구 앞에서 엄마와 줄을 서서 기다렸다. 새벽 늦은 시간이고, 여행자들이 많지 않은 때라서 그런지 평소보다 줄이 길지 않았다. 비자 수수료를 받는 창구 직원은 갈 때마다 졸고 있었는데 이번에는 졸지 않고 빠르게 수수료를 처리해 줬다.

그리고 비자를 받았다. 창구 직원이 엄마에게 직업을 물었다. 아마 비자 신청 란에 '뮤지션'이라고 써 있어서 그럴 것이다. 호기심 어린 눈으로 엄마를 바라보는 직원에게 엄마는 "아이 엠 뮤지션"이라고 대답했다.

내 기억 속 엄마는 힘들 때마다 노래를 불렀다. 무거운 장바구니를 들고 집으로 가는 길에 엄마랑 언니랑 나는 나란히 서서 하늘을 보면서 노래를 불렀다. 주로 엄마가 먼저 노래를 부르기 시작했다. "저 하늘 흰 구름 양들이 되어서~"라고 엄마가 부르면, 언니랑 내가 "조용히 떼 지어 몰려다니네~" 하고 노래를 부르며 집으로 돌아왔다.

어떤 날은 초등학교에서 돌아와 집으로 들어왔을 때 엄마가 혼자 울면서 노래 부르며 피아노를 치고 있었다. 언니랑 나는 엄마 옆에 앉아 엄마의 피아노 연주에 맞추어 함께 노래를 불렀다. 그러다가 함께 기도하고, 찬송가를 불렀다. 그러다가 엄마는 눈물을 흘리곤 했다.

부를 게 노래밖에 없어서 부르게 되는 노래도 있다. 엄마의 노래는 그런 식이었다. 술 마시면 주사처럼 부르는 옛날 노래와 찬송가들…. 그래도 노래를 부를 때만큼은 발음도 또박또박하고 목소리도 고왔다. 꼭 술을 마시지 않은 사람처럼.

엄마가 노래를 부르는 동안 나와 언니는 안심할 수 있었다. 어떤 상황에서도. 그런 뮤지션 엄마와 인도에 오다니, 인도에서도 엄마랑 계속 노래 불러야지 생각했다.

인도의 도착 비자를 받고 직원과 웃으며 헤어졌다. 우리는 다람살라로 가는 비행기에 탑승했다. 다람살라는 티베트 사람들이 모여 사는 마을이다. 중국의 티베트 지배로 인도로 망명한 티베트인들과 달라이라마 사원이 있는 곳이다.

다람살라는 스물다섯 살 때 처음 혼자 배낭을 메고 찾은 산간 지역이기도 하다. 어떤 스님이 추천해서 처음 갔는데, 다람살라에 있는 것만으로도 사후 세계, 꿈의 세계에 온 것 같은 느낌이 좋았다. 무지개가 휙휙 펼쳐지고, 구름이 웅장하고 괴상한 모양을 하거나, 안개 때문에 아무것도 안 보이는 변덕스럽고 이상한 날씨. 기후도 좋았다.

다람살라는 한국 스님들도 많이 오는 곳이고 여러 종교의 수행자들, 뮤지션들도 찾는 곳이다. 떠돌이로 생활하며 그곳에 아예 짐을 푼 장기 여행자들도 있다. 꼭 쓸모 있는 일을 하지 않아도 떠도는 대로, 되는 대로 슬렁슬렁하는 사람들이 많아서 나도 이곳이 좋았다.

티베트어와 힌두어, 영어를 쓰는 사람들뿐 아니라 한국, 일본, 중국, 이스라엘, 유럽 등 다양한 곳에서 온 여행자들을 한꺼번에 만날 수 있는 곳이기도 하다. 작은 지구공동체 마을 같다고나 할까.

우리처럼 여행하는 외국인들도 꽤 있지만 지금은 추운 겨울이라 사람들이 많이 찾지는 않는 때다. 장기 여행자들은 겨울에 따뜻한 남쪽 지역으로 이동한다. 그들은 여름에야 시원한 다람살라로 돌아올 거다. 사람이 많지 않아 한산하고 길에 눈이 쌓인 다람살라에 도착했다. 이렇게 추울 때 오는 건 나도 처음이다.

　다람살라 공항에 도착해 택시를 탔다. 공항에는 겨울 등
산을 하러 온 것처럼 보이는 여행객들이 몇몇 있었다. 택시
를 타고 다람살라의 맥로드 간즈 마을로 가는 길. 엄마는 처
음 보는 택시 운전사에게 대뜸 물었다.
　"알 유 해피?"
　"해피!"
　운전사가 대답했다.
　"아임 해피 투."
　엄마가 말했다. 영어를 못해서 걱정된다던 엄마였다.
　엄마는 택시를 타고 가는 내내 "우와, 우와" 하며 감탄했
다. 마을 곳곳에 걸어 다니는 소와 원숭이들을 보면서 엄
마는 어렸을 때 살던 시골이 생각난다며 좋아했다. 소똥 냄
새가 나는 마을을 지날 때도 우리는 마냥 냄새가 좋다고 함
께 웃었다. 엄마와 인도에 오려고 했던 이유가 다시 생각났
다. 저렇게 아무렇게나 뛰어다니는 원숭이들처럼 엄마도 나

도 그렇게 살고 싶을 뿐인데.

맥로드 간즈 중심가에 택시에서 내렸다. 5년 전 처음 이곳에 왔을 때 처음으로 묵었던, 중심가에서 가장 가까운 숙소, 옴 게스트 하우스로 향했다. 티베트 가족이 운영하는 곳이라 안전하고 편안했다. 가격은 몇 년 전에 비해 올랐지만 우선 그간의 피로를 풀기 위해 이곳에 왔다. 곧 다른 숙소로 옮길 예정이다.

우리 방에는 커다란 창문, 작은 탁자, 침대 두 개와 두꺼운 이불이 다였다. 그래도 너무 추울 것 같아 숙소에서 빌린 난로를 켜고(난로 요금은 따로 내야 했다) 엄마와 둘이 앉았다. 생각보다 추운 날씨에 나는 챙겨온 옷을 겹겹이 입으려고 가방을 열었다. 짐을 최대한 적게 지고 오려고 얇은 옷들만 가져왔는데, 엄마는 이럴 줄 알았다는 듯 자신의 가방에서 긴팔 옷을 꺼내주었다. 엄마에게 짐을 왜 이렇게 많이 챙겼냐고 투덜거렸던 게 미안했다. 도대체 엄마는 얼마나 앞에서 나를 보고 있는 거지?

혼자 있을 때는 추우면 추운대로 대충 입고 이불을 꽁꽁 싸매고 방을 돌아다녔는데, 엄마랑 함께하는 다람살라의 겨울은 처음부터 아주 춥진 않다. 엄마가 챙겨온 따뜻한 옷처럼 나도 따뜻한 이곳을 엄마에게 보여주고 싶다. 함께 가고 싶은 곳도, 보여주고 싶은 풍경도 많다.

우리는 짐을 풀고 씨드 카페로 갔다. 씨드 카페는 티베트 청년들이 티베트 독립을 위해 만든 문화 공간이다. 매주 주말 콘서트와 파티가 열린다. 우리가 갔던 때는 한가한 낮이었다. 산과 하늘, 앞마을이 다 보이는 창가 자리에 앉았다. 창가라고 하기도 뭔한, 벽이 뚫려 있는 자리다.

엄마와 경치를 구경하면서 간단한 안주와 맥주를 주문했다. 나는 엄마와 다르게 술을 잘 못 마신다. 엄마는 그래서 심심해 보였지만, 그래도 혼자서 꿋꿋하게 맥주를 주문해 홀짝홀짝 마셨다. 처음에는 내 눈치를 보는가 싶었는데 나중에는 그냥 내키는 대로 마셨다. 그래도 맥주는 한 캔에서 그쳤다.

안주로는 야채와 아주 매운 소스가 함께 나왔다. 엄마는 매운맛을 좋아한다. 그런데 이 소스는 인도에서도 엄청 맵기로 유명한 빨간 소스다. 한국 사람들도 매워한다는 이 매운 소스를 케찹 마냥 야채에 마구 찍어 먹었다. 이거 아주 매운 거라고 그렇게 말해도 엄마는 계속 먹었다.

그렇게 많이 먹고서 예상대로 배탈이 났다. 엄마는 화장실에 갔다가 창백해진 얼굴로 나왔다.

"엄마 왜 이렇게 매운 걸 많이 먹는 거야."

엄마를 더 놀리고 싶었지만 정말 아파 보여서 더 놀릴 수가 없었다. 속에 안 좋은 걸 왜 이렇게 많이 먹는 건지 속상했다. 맥주에 취한 건 아닐 거고, 엄마는 매워서 취한 것 같다. 창백해진 엄마와 다시 숙소로 돌아왔다. 오는 길에 빵집과 슈퍼에 들려 필요한 걸 사왔다.

숙소로 돌아와 풍경을 즐기고 있을 때였다. 창문 바로 앞으로 원숭이가 지나가다가 우리를 보고 섰다. 과자를 뺏으러 우리의 숙소에 침입하려던 거였다. 창밖에 있는 원숭이를 보면서 엄마가 말했다.

"원숭이야~ 나 원숭이 띠인데!"

아프던 엄마는 어느새 회복이 되었는지 원숭이를 보고 말을 걸며 좋아했다.

우리는 사 온 빵이 반죽이 덜 됐는지 덜 익었는지 맛이 이상해 어떻게 처리해야 할지 고민하고 있었다. 마침 원숭이가 나타났으니 원숭이에게 빵 조각을 주기로 했다. 창문 밖으로 주자 원숭이가 빵을 두 손에 쥐고 뜯어 먹었다. 우리는 그걸 보면서 "신기하다, 잘 먹네, 정말 사람 같다"라고 말했다.

그런데 빵 반죽이 덜 된 것 같은데 원숭이는 괜찮을까. 엄마처럼 배탈은 나지 않을까 생각했다. 괜찮을 거야. 엄마도 저렇게 다시 괜찮아졌으니까. 엄마랑 나는 창문 앞에 붙어서 빵 먹기에 집중하는 원숭이를 한창 바라봤다.

#아난다

어제는 하루 종일 잔 것 같다. 아침에 일어나니 몸도 마음도 개운했다. 옆에는 사랑하는 막내딸이 있다. 다람살라는 승희가 자주 왔던, 고향처럼 느끼고 그리워하던 곳이다. 달라이라마 사원이 있는 마을이기도 하다.

오늘은 아침 일찍 거리에 나갔다. 템플로드를 지나 조기바라로드라고 불리는 길을 걸었다. 양쪽으로 옹기종기, 다닥다닥 시장들이 붙어 있다. 편하게 나열된 식당, 옷가게,

미용실. 길을 내려가면서 승희가 말했다.

"엄마 나 이 미용실에서 머리 잘랐는데 언니가 너무 좋아."

"그래? 나도 가자."

머리를 다듬고 싶었는데 마침 미용실이 있었다.

티베트 사람으로 보이는 직원이 머리를 다듬어줬다. 머리를 다 다듬고, 승희가 추천한 네일 아트도 받아보았다. 손을 따뜻한 물에 담그고 마사지를 해주었다. 태어나서 처음으로 받는 네일 아트다. 너무도 따뜻하고 편안했다. 여왕이 된 기분! 승희는 내내 사진을 찍는다. 승희가 보여준 사진 속 내 머리. 잘 된 것 같다.

미용실에서 나와 바로 근처에 있는 한식당인 도깨비 레스토랑에 갔다. 모닥불을 지펴준 '소노'라는 인도인 직원과 이야기도 많이 했다. 소노는 천진난만하게 웃으면서 영어 어렵지 않다고, 영어를 배울 수 있는 책을 보여주기도 했다. 마음을 편안하게 해준다. 이곳에서 짜장면과 양배추 백반을 주문했다. 너무 풍성해서 맛있게 먹었다. 식당 한쪽에는 가지런히 책들도 놓여 있었다. 《삶과 죽음의 다르마》가 왠지 끌려서 빌려왔다.

식당을 나와 조금 더 내려가면 나오는 승희 친구가 하는 옷가게도 들렀다. 중고 물품을 받아 재판매하는 곳이다. 승희는 옷을 별로 안 가져와서 따뜻한 옷이 필요하다고 했다. 파란색 폴라 티와 모자, 머플러를 샀다. 가격은 아주 저렴했다.

옷가게를 나와 왔던 길로 되돌아 올라가는 길에 록파 카페라는 곳을 구경했다. 여기에서는 핸드메이드 가방이 마음에 들어 샀는데, 승희가 너무 비싸다며 투덜댔다. 다시 돌아오는 길에는 자주색 머플러를 샀는데, 승희가 이것도 비싸다며 뭐라고 했다. 자중해야겠다.

방으로 돌아와 책을 읽었다. 승희가 전망 좋은 2층 레스토랑이 있다며, 그곳에서 와인을 한잔하자고 했다. 캄캄해졌지만 숙소 바로 근처라서 찾아갔는데 문이 닫혀 있었다. 다시 숙소로 오는 길에 길에서 파는 와인과 케이크를 사 와서 먹었다.

딸과 많은 이야기를 나누며 책을 읽었다. 아, 이런 게 행복이 아닐까. 느끼며, 보며, 배우며, 많이 사랑하고 가야겠다. 지금 내 옆에서 자고 있는 딸. 행복하다.

#칼리

엄마랑 아침 일찍 마을을 돌았다. 그 길에서, 전에 혼자 왔을 때 자주 마주쳤던 구걸하는 여인을 봤다. 그녀는 언제나 그랬듯 "머니 플리즈"라고 말하며 우리를 바라봤다. 엄마는 무슨 사정이 있는 사람인지 내게 물어봤다. 그녀와 대화를 나눈 적이 없어서 엄마에게 뭐라고 해야 할지 몰랐다. 내게는 익숙해진 그 사람에게 무슨 사정이 있는지, 왜 그러는지 엄마는 계속 알고 싶어 했다.

엄마는 가게들을 둘러보면서 신기해했다. 나도 엄마와 함께 구경하니까 전에 보이지 않던 것들이 많이 보였다. 내가 전에 파마를 했던 미용실에 갔다. 사실 그곳에서 파마를 한 뒤로 나는 삭발을 했다. 머리가 거의 타버렸기 때문이다. 지금도 나는 민머리다. 그래도 커트는 잘하는 곳이고 사장님이 친절하고 분위기가 좋아서 머리를 다듬으려는 엄마와 그곳에 다시 찾아갔다.

엄마는 머리를 다듬고 네일 아트도 받았다. 미용사가 정

2018년 12월 12일

성스럽게 엄마의 손을 마사지하고 손톱에 매니큐어를 바르는 동안 나는 옆에서 사진을 찍었다. 엄마가 누구의 눈치도 보지 않고 편안하게 있는 모습이 낯설고 좋았다. 엄마는 서서 일하는 직원에게 몇 번이고 앉아서 하시라고 다리 아플 것 같다고 했다. 직원은 괜찮다고 서서 하는 것도 좋다고 했다. 아난다는 네일 아트가 처음이라고 했다.

내가 어렸을 때 텔레비전을 보고 있으면, 엄마는 바가지에 따뜻한 물을 받아와 내 옆에 앉았다. 물에 손을 담가 손톱을 손질하고 수건으로 닦곤 했다. 엄마가 손톱을 만지는 동안 나도 내 손톱을 만지작거렸다. 지금도 나는 엄마가 다듬던 손톱 모양대로 동글게 손톱을 자른다. 네모 모양으로 손톱을 손질하는 게 건강에 좋다고 엄마는 몇 번이나 말했지만 아무리 다듬어도 내 손톱은 네모 모양이 되지 않았다. 이미 동글게 타고난 손톱 모양에, 동글게 잘라온 손톱이라서 나도 엄마처럼 손톱이 동글게 되었다.

미용실에서 손톱과 옆머리를 다듬고 나왔을 때였다. 작은 마당에서 아난다와 함께 담배를 피웠는데, 아난다가 건너편 나무를 가리켰다.

"저렇게 아래는 하나인데 위에는 두 갈래로 뻗어 나와서 곧게 쭉 자라네!"

나무의 밑기둥은 구불거리고 두꺼운 똥처럼, 꼭 똥색으로 투박하고 울퉁불퉁했다. 어린이의 키 정도 되는 큰 밑기둥을 지나자 나무는 두 줄기로 갈라졌다. 저 두 기둥이 당연히 꼬부라지게 자랄 줄 알았는데 우리 키는 물론이고 앞에 있는 2층 건물보다 높게 일직선으로 쭉 자라나 있다.

밑기둥의 두께 못지않게 동그란 둘레는 힘 있고 두께감이 있었다. 조금도 꼬부라지지 않고 올곧게 뻗어 있었다. 건물을 넘어서까지 자라난 나무 꼭대기를 봤다. 하늘에 닿을 듯한 나무 꼭대기는 다른 나무들처럼 푸른 나뭇잎이 무성하게 자랐다. 절벽이나 바위 같은 곳에서 뿌리내리는 소나무는 밑기둥이 투박하고 구불거리지만 사계절과 눈보라를 다 이겨낼 만큼 단단하고 향이 좋다는 말을 어디선가 들었었다.

아난다는 "저 나무가 무슨 나무지? 향나무인가?" 물었다.

2018년 12월 12일

나는 늘 저런 나무를 소나무라고 불렀으니까 소나무라고 했다. 아난다는 "아닌데, 소나무는 잎사귀가 더 길고 곧은데, 저건 향나무나 다른 나무일 거야"라고 힘주어 말했다. "아아, 그래. 무슨 나무인지 물어봐야겠다"라고 대답했던 나는 아직 그 나무가 무슨 나무인지 물어보지 못했다. 까먹기 싫은데.

아난다가 하는 말들이, 느끼는 것들이 너무 많아서 그것을 옆에 있는 내가 다 주워 먹고 소화시키기가 어렵다. 그래서 이렇게 글을 쓴다.

미용실 바로 앞 한식이 있는 도깨비 레스토랑. 이곳은 다른 로컬 식당보다 가격이 비싸서 혼자 있을 때는 가끔 보양식을 먹는 기분으로 오던 곳이다. 여러 가지 책을 빌리러 오기도 했다.

엄마는 그곳에서 일하는 인도인 매니저에게 고맙다며 아는 영어 단어를 조합해 마음을 마구 표현했다. 나는 이곳을 5년 동안 몇 번이고 왔다 갔다 했는데, 정작 여기서 일하는 매니저가 어떤 사람인지, 이름이 뭔지도 몰랐다.

모닥불을 피어주는 친구에게 엄마는 마음이 예쁘다며 "마인드 프리티"라고 말했다. 밥을 먹을 때는 그 친구에게 헝그리하지 않은지 물었다. 영어를 쓰면서 초롱초롱 빛나던 엄마의 눈빛. 엄마의 존재만으로 익숙하던 공간이 따스해진 느낌이었다. 이렇게 이 식당에서 웃어본 적은 없던 것 같은데.

식당 한쪽 벽면에는 한국 책들이 있었다. 배수아 작가의 소설부터 《삶과 죽음의 다르마》, 《금강경》, 《성경》 등등 여행자들이 오고 가며 기증한 것도 있고 한국인 사장님이 한국에서 가져온 책도 있었다. 엄마는 책꽂이에 있는 책들을 살펴보며 감탄했다. 엄마는 《삶과 죽음의 다르마》를 골랐다.

"와아 나 이런 책을 읽고 싶었어. 죽음과 삶에 대한 책. 초등학교 때부터 계속 고민하고 생각했던 것들을 말해주는 책이네. 너무 좋다. 와아"

"엄마도 초등학교 때부터 그런 생각을 했구나. 나도 그런

생각을 하다가 여기 인도에서 이런 책들과 모든 종교가 좋
다고 말하는 사람들을 만나면서 반갑고 기뻤어!"

엄마도 그런 반가움을 느낄 거라 생각은 했지만, 예상보
다 크게 감응하는 엄마를 보니 기뻤다.

우리는 밥을 기다리면서 모닥불 앞에 앉아 책을 읽고, 밥
을 먹고 다시 모닥불 앞에 앉아 책을 읽었다. 우리 옆 테이
블에 티베트 스님들이 들어와서 앉았다. 모르는 티베트어와
모르는 인도어, 영어를 쓰는 사람들 사이에서 편안함을 느
꼈다. 엄마와 식당에서 글을 읽고 글을 쓰다가 쉬는 시간에
는 함께 담배를 피우러 바깥으로 나갔다.

식당을 나와 중고 물품을 파는 가게에 들렀다. 가게를 운
영하는 한국인 사장님에게 엄마는 어떻게 이곳에 오게 되었
는지, 부모님은 어디에 계신지, 왜 인도가 좋은지 초롱초롱
한 눈빛으로 이것저것 물었다. 사장님은 이곳에 웃기는 사
람들이 많아서 좋다고 대답했다. 자신은 웃긴 사람이 좋다
면서 엄마가 말했다. "엉뚱한 그런 거? 맞네! 저도 그래

요!" 엄마가 엉뚱하게 말하자 다들 엉뚱하게 웃어버렸다.

집으로 오는 길에는 스카프 하나를 사드렸다. 사실 엄마는 조금 더 비싼 스카프를 마음에 들어 했는데, 나는 이 가게가 다른 곳보다 비싸게 판다고 투덜거렸다. 한국 돈으로 얼마냐고 묻는 엄마에게 한국 돈이 중요한 게 아니라 이곳 물가에 비해 비싼 거라고 했다.

가방을 살 때도 그랬다. 엄마는 록파 카페에서 손수 만든, 마치 엄마처럼 은은한 주황색과 남색이 어우러진 가방을 마음에 들어 했는데 가격이 이곳 물가에 비해 너무너무 비쌌다. 하지만 엄마는 끝까지 그것이 좋다고 했다. 결국 가방도 그곳에서 샀다.

나도 계속 비싸다고 주장했지만 엄마가 너무 확고하게 "이거야"라고 말하는데 뭐라고 할 수가 없었다. 마치 이 가방을 사기 위해 인도로 온 것 같은 느낌이 들 정도였다. 느꼈다. 아. 엄마는 참 기준이 확실하고 고집이 정말 정말 정말 세구나! 한편으로는 그렇게 밀고 나가는 고집덩어리의 에너지가, 그렇게 힘든 하루하루를 겪으면서도 어떻게든 살

아내게 하고, 인도까지 오게 만든 동력이 아니었을까 싶다. 그래 그냥 사자. 한참을 투덜거렸지만, 엄마에게 그 가방이 잘 어울린다는 걸 인정하지 않을 수 없었다.

아난다는 숙소로 돌아와 옆에서 죽음과 삶에 관한 책을 읽으면서 필사를 하고 있다. 구부정하게 의자에 앉아 침대에 책을 놓고 난로를 쬐면서 쓰는데 등이 아프지도 않은지 오랫동안 책 속으로 들어가 대화한다.

엄마는 모든 상황을 짜증나게 만들기도 하지만, 모든 상황을 웃기게 만드는 능력도 있다. 엄마는 속도가 빠르다. 담배도 나보다 빨리 태우고, 술도 빨리 마시고, 밥도 빨리 먹고, 소화도 빨리 시키고, 책도 빨리 읽고, 말도 빨리 하고, 생각도 빨리 하고, 빨리 걷고, 빨리 잠들고, 빨리 일어나고, 빨리 빨래하고, 빨리 청소하고, 빨리 화내고, 빨리 풀리고, 빨리 엉뚱하고, 빨리 웃긴다.

엄마가 인도와 잘 어울리는 이유는 엄마의 감정이 '알록이 달록이'라서 그럴 것이다. 알코올처럼 휘리릭 증발해 버리는 감정이 이곳의 형형색색 건물들처럼 그대로 드러나기 때문이다.

오늘 아침에 아난다는 날아가는 새들을 보면서 말했다.

"엄마가 젊었을 때 꿈이 뭐였는지 알아?"

엄마는 늘 어렸을 때 꿈이 농부와 결혼해 소소한 삶을 사는 거라고 말했다. 그런데 어쩌다 군인이던 아빠를 만나 이사를 다니면서 생활하게 되었다고. 나는 또 농부와 결혼하고 싶었다는 이야기를 할 줄 알고 귀에 딱지를 얹은 것처럼 들었다. 그런데 이번에는 달랐다.

"새! 새가 되고 싶었어."

아난다는 이어서 노래를 불렀다.

"이 몸이 새라면~ 이 몸이 새라면~ 날아가리~~"

어디서나 아무렇게나 노래하고 감탄하고 초롱초롱하게 세상을 관찰하는 아난다를 보면서 엄마는 이곳저곳을 떠돌며 모험을 다니는 게 직업이 아닐까 느낀다. 그러니까 나도 떠돌아다니면서 살게 된 거겠지? 여기저기 떠돌아다니면서 사람들을 만나고 글과 말로 마음을 전하는 사람이라고, 그게 엄마의 직업이라고 느껴졌다.

비행기를 타고 오면서도, 엄마랑 쇼핑을 할 때도 나는 종종 짜증을 냈다. 엄마에게 짜증내기 싫은데 사람과 사람이 다른 건 어떻게 할 수가 없나 보다. 엄마는 내가 입는 옷이나 내가 맨 가방이 알록달록하다며 깔끔한 것을 입고 메고 다니기를 원했다. 그러면서 '알록이 달록이'라고 놀렸다.

머리를 연두색이나 노란색으로 염색했을 때도 그랬다.

"어머, 승희야 그런 게 예쁘니? 그냥 깔끔하고 자연스러운 게 예쁜데. 승희는 그런 게 예뻐" 하면서 내 머리 모양과 옷 색깔과 가방 색깔을 탐탁지 않아 했다. 인도에 와서도 그랬다. 내가 고르는 스카프나 옷들이 알록달록하다며 엄마는 깔끔한 걸 사라고 잔소리했다. 익숙하고 그리웠던 잔소리이기도 하다.

엄마는 내가 열세 살 때 아빠와 본격적인 별거, 이혼을 했다. 덕분에 나는 사춘기에 누구의 눈치도 보지 않고 마음대로 알록달록한 옷을 입고, 화장을 하거나 밤늦게까지 거리를 다닐 수 있었다. 엄마 전화에 일찍 집에 들어가야 하고, 엄마가 복장을 단속해서 피곤하다고 말하던 친구들을 보면서 나는 진심으로 친구들이 불쌍하다고 느꼈다.

엄마와 처음 떨어졌을 때는 엄마가 많이 그립고 보고 싶어서 집에도 들어가기 싫었지만, 대신 내가 하고 싶은 걸 마음껏 할 수 있는 자유가 주어진 것은 좋았다. 그런 점에서도 나는 여전히 엄마가 자유를 선택한 것이 고맙다.

그렇게 일탈을 하다가 사고를 저지르기도 하고 안 좋은 일을 당한 적도 있었지만, 그런 상처는 엄마도 그랬듯, 모든 여행자들이 만나는 어려움일 테니까.

엄마 없이 일탈하던 청소년기 딸에게, 엄마는 그때 다 하지 못한 잔소리를 하러 인도에 함께 온 걸까 싶다. 승은 언니도 인도로 우리가 떠나기 전에 이야기 했다.

"어쩌면 우리가 지금 이렇게 만나게 된 건 서로 잔소리하고 짜증내기도 하고 싸우고 지지고 볶으면서 겪어야 했던 과정을 겪으라는 뜻일지도 몰라. 제대로 잘 서로에게 독립하기 위해서 말이야."

언니 말이 맞다. 덕분에 나는 엄마를 더 이상 데이트 폭력 피해자나, 엄마라는 역할 속 천사 같기만 한 엄마가 아니라, 나처럼 짜증 많고 변덕스러운 인간으로서의 입체적인 아난다를 만난다.

그래서일까. 지금 엄마가 나에게 하는 잔소리가 이상한 친밀감으로 다가오는 것도 사실이다. 나야말로 내가 알던 엄마를 지금의 엄마로 대입해 엄마를 고정된 존재로 느끼고 있던 건 아닌지. 엄마는 짜증을 잘 내고 변덕꾸러기에 자기 멋대로인 측면도 있는 사람인데.

원숭이를 보고 감탄하는 얼굴. 삶과 죽음, 다르마에 대한 책 속으로 파고 들어가 잠수하고 무엇을 발견하고 온 사람처럼 눈을 번뜩이는 모습. 사람들을 보면서 눈을 동그랗게 뜨고 밥은 먹었는지 묻고, 처음 보는 사람의 안부를 궁금해하는 엄마의 모습을 보면서 나는 점점 더 엄마를 모르겠다. 이것은 다행인 일이다.

엄마와 나는 이곳에서 서로의 취향을 그냥 존중하고 누구의 무엇이 아닌 사람과 사람으로 만나는 연습을 다시 하고 있는 것인지도 모른다. 적어도 나는 그렇게 엄마를 만나고 싶다. 엄마 눈에는 여전히 내가 막내딸이겠지만 말이다.

그래도 유의미한 변화는 있다. 엄마는 숙소로 돌아와 "나 삭발 할까?"라고 말했다. "응 엄마! 당장 해도 돼!" 엄마는 얼마 전 삭발을 한 내 사진을 보고 아빠에게 전화해 엉엉 울었다고 한다. "승희가 요즘 어떤지 알아? 흑흑. 삭발을 했어 얘가" 하면서 말이다. 나는 자유롭게 선택한 일인데 엄마는 어른, 여성인 내가 민머리가 된 걸 보고 충격을 받은 거다.

그랬던 엄마, 아니 아난다가 삭발을 하고 싶다고 말하다니! 엄마가 정말 삭발을 할까? 함께 민머리로 다니면 얼마나 재밌을까. 엄마에게 좋다고 말은 하면서도 폭력을 저지르던 엄마의 애인이 민머리의 엄마를 보고 달아나지 않을까 생각했다. 슬프지만 삭발이 엄마에게는 부적 같은 것이 되지 않을까 하고도.

엄마도 삭발하고, 가능하다면 이곳에서 돈도 벌면서 쭉 살아도 괜찮겠다는 생각이 든다. 엄마와 나를 위해 영어 교재를 주문할까 생각하고 있다. 엄마랑 영어를 배워도 좋겠다! 여기서 쭉 지낼 거라면 말이다. 물론 그렇지 않더라도.

　작은 방. 히터 앞에 의자를 나란히 놓고 우리는 앉아 있다. 함께 담배를 피울 수 있어서 감사하다. 함께 술도 한잔할 수 있어서 기쁘다. 함께 웃을 수 있어서, 걸을 수 있어서, 책을 읽고 이렇게 가만히 저녁을 느낄 수 있어서. 엄마는 책을 펼치고 어떤 페이지 속으로 들어가 그 안에서 무언가를 이어가고 만들고 있다. 나는 이 장면에서 무언가를 이어가고 만들고 있다. 이런 침묵과 고요라면 이대로 살아가는 것도 괜찮을 것 같다.

　우리는 매일 점을 본다. 동전 세 개를 꺼내서 숫자 면이 한 개 혹은 세 개가 나오면 양, 그림 면이 한 개 혹은 세 개가 나오면 음이 되는 식으로 여섯 번 던지면 여섯 개의 효로 된 주역괘를 볼 수 있다.

　아난다 한 번, 나 한 번, 아난다 한 번, 나 한 번. 이런 식으로 여섯 번을 던진다. 아난다와 나의 신앙생활인 셈이다.

우리의 오늘 메시지는 '중산간'이었다. 중산간은 움직이지 않고 멈춰서 우뚝 서 있는 산의 기운이다. 산과 산이 있는 곳으로 잘 왔구나 싶다.

내일은 2년 전에 3개월 동안 머물렀던 카일우드 게스트하우스로 떠난다. 여기보다 200루피가 싼 700루피만으로 히터와 함께 머물 수 있게 되었다. 그곳에는 방에 주방도 있어서 엄마와 요리해 먹으며 지낼 수도 있다. 우리만의 방이 생기는 거다. 촛불도 켜고 책상에 의자도 놓고 함께 글 쓰고 공부해야지.

인도 가는 비행기 안. 아난다는 창밖을 바라보다가 일기를 썼다.

경유지 방콕 공항에서 기다리다가 찍은 셀카.
내 민머리를 속상해하는 아난다를 위해 여행 동안 가발을 썼다.

인도 델리 공항의 라운지.
책을 읽는 아난다.

인도 델리 공항에서 다람살라 가는 비행기를 기다리면
서. 아난다가 피곤해 졸고 있다.

드디어 도착한 인도 다람살라 공항. 아난다의 뒷모습.

비행기에서 내려 택시타고 맥로드간즈 마을 가는 길.
아난다와 나는 택시에서 풍경을 구경하는 내내 감탄했다.

처음 묵었던 옴 게스트하우스. 아침마다 햇살이 예쁘게 들어왔다.

아난다와 내가 던져준 식빵을 먹고
있는 숙소 앞 원숭이.

아난다가 첫날 먹은 맥주와 야채샐러드.

아난다의 첫 네일 아트. 아난다는 신났다.

첫 네일 아트를 받은
아난다의 손. 분홍이
곱다.

한식당 도깨비 레스토랑의 모닥불 앞에서 책을 읽는 아난다.

도깨비 레스토랑에서 사장님과 여행객들이 모아놓은 책들을 빌려 읽었다.

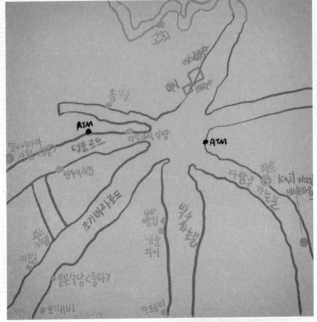

아난다를 위해 그린 다람살라 맥로드간즈의 지도. 아난다는 내 그림을 좋아한다.

교회 안의 아난다. 크리스마스를 기념하는 힌두교 장식을 보면서 아난다는 신기해했다.

교회 앞 숲속.
아난다와 서로의 노상방뇨를 가려주었다.

아난다와 함께 탄 오토릭샤.

아난다와 그 뒤로 보이는 히말라야 산맥.
아난다는 마을에서 히말라야 산맥이 보인다며 좋아했다.

두 번째 숙소, 카일우드 게스트하우스에서 찍은 풍경 사진. 하늘이 높다.

두 번째 숙소의 테라스.
아난다와 나는 테라스에 앉아 책을 읽으며 아침 식사를 했다.

아난다와 사온 인도의 야채들. 매일 손질해 라면에 넣거나 생으로 먹었다.
아난다의 일기에는 먹을 것들이 자주 등장한다.

두 번째 숙소에서의 낮.
책상이 길어서 함께 앉아 밥도 먹고 책도 읽을 수 있었다.

두 번째 숙소에서의 밤. 촛불을 켜고 이것저것을 먹고 마셨다.

다람콧의 서베이션 카페에서. 일기를 쓰는 아난다의 모습.
아난다의 여행의 처음과 끝은 모두 일기였다.

#아난다

새벽 4시쯤 일어나 책을 다 읽었다. 이 세상 살면서 사랑, 자비, 선을 행하라는 진리의 말씀을 새겼다. 7시 30분쯤 한국에 있는 승은이와 영상 통화를 했다. 승은이 옆에 예쁜 지민이도 인사했다. 승은이가 지민, 명훈이랑 함께하는 모습이 참 예쁘다. 그곳에는 눈이 온단다. 오늘 하루도 예쁘게 곱게 그려나가면 좋겠다. 어떤 걱정, 근심도 없이. 눈처럼 곱고 순수한 마음으로. '우리 모두 사랑합니다'라는 마음이 자꾸만 우러나온다. 오늘도 딸과 예쁜 하루를 만들어야지.

　승은이와의 영상 통화 전 아침 7시에 승은 아빠한테 전화
가 왔다. 어제 엄마께 전화해 보라고 부탁했었다. 엄마께
전화를 했는데 다행히 목소리가 좋으셨단다. 너무 좋다. 오
늘따라 엄마가 많이 보고 싶다. 엄마를 생각하면 마음이 아
프다.

　초등학교 마치고 집에 오면 엄마는 집에 안 계셨다. 해가
어둡게 질 때까지. 한평생 내내 일만 하셨다. 집 앞 고개 너
머로 엄마의 모습이 보인다. 너무나도 그립고 반가웠던 엄
마. 엄마는 아랫마을 밭과 우리 집 앞의 커다란 논과 밭을 일
구며 육 남매를 키우셨다. 이 고생을 어찌 말로 다 하리요.

　그때는 몰랐다. 이제와 생각해 보니 그저 미안하고 죄송
하고, 여자로서 엄마의 일생이 안타깝고 마음이 저리다. 한
국에 돌아가면 잘해드려야지. 보고 싶다. 많이 사랑해요 엄
마. 아프지 말아요.

승희와 오늘 많은 이야기를 나누었다. 꿈 이야기, 엄마 이야기, 지난 이야기···. 무척이나 행복하다. 작은 방이 주는 안락함, 편안함, 행복감. 감사하다.

좀 전에는 승희가 나가서 모모(만두)와 맛있는 소스, 오이 한 개와 토마토 두 개를 사왔다. 맛있게 먹었다. 승희는 하는 짓도 자기처럼 귀엽다. 오이는 딱 하나, 토마토는 작은 거 두 개. 딱 먹을 만큼만 사왔다. 지금은 윗마을에 있는 게스트하우스의 큰 방을 알아보러 갔다. 날씨가 추워 발이 시리다며 겨울 신발도 사온다고 했다.

승희도 다 컸다. 벌써 내년이면 아니, 며칠만 지나면 서른이네. 아이고···. 시간을 붙잡고 싶다. 새삼 시간이 너무 빠르게 지나간다. 잡고 싶다. 그나저나 승희가 예쁜 신발을 사오면 좋겠다.

#칼리

오늘 엄마가 오랫동안 외할머니 이야기를 했다.

엄마와 엄마의 엄마를 생각하면 매번 새롭다. 어렸을 때는 나와 엄마 같은 관계라고 막연히 짐작했다. 그런데 지금 생각해 보면 엄마는 할머니와 신앙을 함께하는 도반, 동료였다. 엄마와 할머니는 지금 나와 언니, 엄마처럼 중요한 꿈을 꾸면 서로에게 공유하고, 마음을 나누는 친구이기도 하다.

엄마는 이혼 후 기도원에서 지내다가 외할머니 댁으로 가서 함께 지냈다. 김치 공장을 다니기도 하고 요양 보호사로 일하면서 외할머니와 소소한 아침과 저녁을 함께 했을 거다. 외할머니에게도 엄마는 막내, 엄마에게 나도 막내다. 할머니는 엄마를 늘 걱정하셨다. 엄마도 나를 그렇게 걱정한다. 나는 엄마가 걱정되는데 말이다. 하긴 엄마는 할머니를 가장 걱정한다. 돌고 도는 걱정의 고리 같다.

오늘은 걱정하는 거 말고 실천적인 일을 하기로 했다. 섬

세한 지도를 그리기는커녕 지도도 잘 보지 않던(지도를 봐도 길을 모른다) 내가 오늘 엄마가 볼 수 있는 지도를 그렸다. 엄마에게 이 마을을 설명하고 싶은데 도무지 말로는 설명이 안 되었다. 내가 엄마여도 복잡하고 헷갈릴 것 같았다.

"지도를 살까? 엄마도 지도 보면 알겠어?" 엄마는 "아니"라고 했다. 일반적인 지도는 나도 어렵다. 그런 지도를 보면 오히려 길을 잃게 된다.

"나도 지도 어려워. 그냥 내가 지도를 그려주는 게 낫겠다!"

나는 메인 광장을 중심으로 내가 봐왔던 일곱 갈래의 길을 그렸다. 아이패드에 구불구불 삐뚤거리는 선을 그리는 나를 보고 엄마는 "와~ 이 자체가 예술이네" 한다.

바탕에는 엄마가 좋아하는 붉은 빛의 연한 흙색을 칠하고, 길은 갈색으로 그렸다. 우리가 갔던 카페나 식당, 어제 오늘 묵은 숙소와 내일부터 묵을 숙소, 애플파이가 맛있던 곳, 오늘 갔던 도깨비 레스토랑, 오늘 갔던 티베트 식당인 피스 카페, 이번 해에 몇 개월 간 지내던 위쪽 산마을인 다람콧 가는 길, 폭포가 있는 박수 마을 가는 길, 티베트 사원 가는 길, 교회 가는 길을 초록색으로 표시했다.

지도를 좀 더 잘 보이게, 뽀얗게 만들어서 엄마에게 카톡으로 보냈다. 실제로 보는 거리랑 거리감이나 비율 같은 게 달라서 엄마가 과연 이 지도를 보고 가늠할 수 있을지 모르겠다.

생각해 보니 이곳을 절대 까먹지 않을 지도가 내게도 생겼다. 소통할 수 있는 지도. 엄마랑 있으면 그런 그림을 그리고, 그런 글을 쓰고 싶어진다. 엄마에게 잘 읽히는, 엄마와 나 같은 사람들에게 편지로 닿을 수 있는 글을, 그림을, 무엇을 만들고 싶다고 생각한다. 이것은 어떤 작용이고 반작용이고 운명이고 우연이고 수수께끼고 마법이고 퍼즐이고 그림이다. 이 지도가 마음에 든다.

저녁. 엄마는 옆에서 죽음에 관한 책을 읽고 있다. 하루 종일 양치를 안 해도 입 안이 찝찝하지 않다. 커피도 텁텁하지 않았다. 추위도 잘 안 느껴졌다. 따뜻한 모닥불과 히터의 열기에 집중하게 된다. 우리는 추우니까 둘둘 목도리를 말고 같이 팔짱을 끼고 걷는다. 총총총.

어쨌든 이곳의 이 공기가 좋다. 생각해 보면 지도를 잃어버린 건 나였고 그걸 찾아주러 온 건 아난다였다.

엄마는 풀과 돌, 나무, 새를 좋아한다. 나보다 많이 감탄한다. 넓게 본다는 건 자세히 보는 것이다. 마치 엄마처럼. 단지 넓은 바다를 보는 게 아니라 작은 것을 깊이 보는 것. 작은 것과의 연결감을 느끼는 것이다.

2018년 12월 13일

#아난다

밤에는 많은 꿈을 꾸었다. 드문드문 생각이 난다. 좀
무서운 꿈이었다. 잠들기 전에 비가 와서 그런가. 엄마가 나
왔고 누구도 나오고, 나는 휴대폰을 잃어버리고, 쫓기기도
했다. 자는 둥 마는 둥, 엎치락뒤치락, 싱숭생숭…. 밤을 새
웠다.

　일어나서 승희와 꿈 이야기를 나누고, 승은이와 통화를
했다. 승은이도 슬프고 아픈 내 꿈을 꾸었다고 했다. 승희도
우리가 나오는 복잡한 꿈을 꾸었다고 한다. 오랫동안 꿈 이

야기를 했다.

옛날에는 아니, 이곳에 오기 전까지만 해도 잘 때 꿈을 꾸는 것이 나쁜 줄 알았는데 꿈을 꾸고 잘 기억하는 건 의식이 깨어 있다는 걸 뜻한다고 한다. 다시 내 꿈속에서 나온 생각들을 잡아본다. 각성해야지!

샤워를 하고 승희와 새로 머물게 된 게스트 하우스 3층으로 이동했다. 경치가 좋고 깔끔하고 조용해 쾌적한 방이었다. 대강 짐을 정리해 놓고 우리는 걸어 나왔다.

오늘은 교회를 가기로 했다. 가는 길에 티베트 가족이 운영하는 식당에서 띵모라는 빵과, 샐러드를 먹고 커피 우유를 마셨다. 햇살이 따뜻했다. 맥로드 간즈 버스 정류장을 지나 인적이 드문 도로 아래쪽으로 쭉 걸어가면 교회가 나온다.

산속에 자리 잡은 교회. 교회를 꾸민 크리스마스 장식에 불교, 힌두교 문양이 다 들어가 있었다. 교회 밖의 묘지들은 무섭지 않고 편안한 안식처 같았다. 자연을 따라 걷는 길 위에서 마음은 더 고요해졌다.

교회에서 나와 첫날 왔던 씨드 카페에서 커피 한 잔을 마시며 이렇게 글을 쓴다. 하루에도 몇 번씩 생각이 변한다. 아침에는 괜스레 승희와 다퉜다. 내가 또 승희 마음을 아프게 했나 보다. 속으로 무척이나 미안했다.

올라오는 길에 장을 봤다. 주방세제, 비누, 포도주, 야채… 장거리를 많이 사 왔다. 옆에 있는 산 뒤는 히말라야 산맥이란다. 말로만 듣던 그 히말라야! 산이 아주 높고 눈으로 뒤덮여 있었다.

승희와 사온 애플파이, 오렌지 케이크와 함께 두유, 툴시 허브 차를 마시면서 또 내일을 맞이한다. 사랑하는 내 딸. 옆에서 무언가를 열심히 말고 있다. 후*를 한다고 한다. 예쁘게 차려입고 두 개의 촛불 속에서 함께 앉아 있는 지금 우리 모습이 너무도 예쁘게 느껴진다.

---

* 아난다가 담배를 부르는 말.

11일 후면 예수님이 탄생한 크리스마스다. 이곳 인도에서 크리스마스를 보내게 될 거라고는 생각도 못 했다. 인도 문화는 볼수록 느낄수록 신기하다. 꾸미지 않은 편안한 자유가 느껴진다. 소와 원숭이와 개, 당나귀, 모든 짐승들이 한데 어우러진다.

　낯설지만, 아주 귀하고 또 귀하게 느껴지고 느껴진다. 사람들의 느긋함과 여유, 해맑은 미소, 친절함, 꾸미지 않은 표정들은 모두 어디에서 나오는 걸까! 아마도 그 예전부터 이 문화 속에 자리 잡은, 꿈속에서나 볼 수 있고 느낄 법한 '있는 그대로 서로가 서로에게 편안함'에서 나오는 것이겠지.

　한국과는 완전 다르다. 초등학교 시절, 시골에서 살았을 때와 비슷한 느낌이다. 우리나라는 점점 도시화가 되면서 사람의 마음도 이기적으로 변하고 정도 사라지고 각박해지는 게 아쉽다.

엄청 강렬한 꿈을 꿨다. 검열 없이 나오는 꿈들. 꿈에서 깨어나도 한참을 '아 어떡하지 이거 진짜인가' 싶었다. 나와 비슷한 꿈을 엄마도, 언니도 꾼 날이었다. 진짜 연결되어 있나 보다. 꿈도 비슷한 내용으로 동시에 꾼다. 그래서 서로 위로해 줄 수 있다. 멀리 떨어져 있는 언니와 영상 통화를 하고나니 힘이 났다.

　새로운 숙소로 옮겼다. 엄마랑 아침에 무슨 말을 하다가 싸웠다. 날씨가 추워서 서로 더 예민했던 것 같다. 무슨 말을 하다 싸웠는지 기억도 나지 않을 정도로 사소한 것이었다. 숙소를 옮기는 것 때문이었나? 추워서 그랬나? 기분이 안 좋으면 싸울 거리는 언제나 넘치니까.
　엄마는 나를 걱정했다. 언니와 내가 이렇게 살아도 되는 건지 걱정했다. "너네가 적당히 좋은 남자를 만나 결혼해서 평범하게 살았으면 좋겠다"는 엄마의 기대와 다르게 언니와 나는 결혼할 생각이 없는데. 내가 이렇게 떠돌아다니면서 이 사람 저 사람 만나는 것이 걱정되었나 보다. 새삼스럽게 그런 걱정을 하다니.

"걱정하지 마!" 아무리 말해도 "현실은 안 그래" 말하는 엄마. 엄마도 살아오면서 느낀 게 있었을 거다. 상처도 많이 받았을 거고. 그런 엄마가 우리를 걱정하는 말을 자기 자신에게 하는 말처럼 느껴지기도 한다. "걱정하지 말라고!" 말하면서 싸움은 커졌다.

그다음부터는 그냥 감정 배설이다. 엄마도 나도 분노 조절을 잘 못한다. 그래서 싸우면 사소했던 시작이 이상하게 뒤엉키고 눈덩이처럼 불어난다. 나는 한번 싸우면 풀리기까지 오래가는 편이다.

그런데 이번에는 달랐다. 새로운 숙소로 옮기자 엄마도 나도 기분이 풀어졌다. 엄마도 새로운 숙소를 좋아했다. 긴 나무 책상이 있어서 나란히 앉을 수 있어서 좋았다. 양쪽 의자 가운데로 난로를 가져다 놓았다. 부엌 도구와 주방도 있어서 요리도 해 먹을 수 있다.

어정쩡하게 화해한 우리는 계획했던 대로 숙소에 짐을 풀고 식당에서 서먹하게 밥을 먹고 산책을 했다. 숲속에 있는 교회로 가는 길은 유난히 휑했다. 우리가 화해를 인증한 건 교회에 도착하고 난 후였다.

교회에 도착하고 얼마 안 있어 우리는 화장실에 가고 싶었다. 여기저기 화장실을 찾았지만 화장실이 따로 없다는 말을 듣고 우리는 건너편 숲속에서 볼일을 볼 곳을 찾아봤다. 소와 개가 똥을 싸고 간 흔적들이 보였다.

우리는 적절한 장소를 찾아서 주변 나무 그루터기 위에 가방을 올려놓았다. 떨어진 낙엽 위에 앉아 따뜻한 햇살을 쐬면서 서로의 노상방뇨를 가려줬다. 우리는 웃으면서 숲속을 내려와 다시 숙소로 돌아왔다.

#아난다

이곳은 한국과 세 시간 삼십 분 차이가 난다. 다른 언어를 쓰고 다른 피부색을 가졌지만 똑같이 살아가는 사람들이라는 걸 여실히 느낀다. 말은 통하지 않지만 모두가 마음과 생각이 있기에 세계 어디에 가든지 다 통하는 것이다. 새삼 마음과 생각, 귀한 사람을 만드신 사랑의 주님, 자비의 석가모니, 달라이라마와 모든 종교의 신들에게 감사함을 느낀다.

승희에게도 잔잔한 평온이 늘 함께하리라 믿고 귀한 오늘

2018년 12월 15일

을 맞이한다. 걱정하지 말아야지. 따사로운 햇볕 속에서 아름다운 첼로 연주곡을 들으며, 과일과 야채에 진한 커피를 곁들여 먹는다. 승희 곁에서 끄적끄적 글을 적는 지금 이 순간, 행복함을 느낀다.

템플로드를 걸으며, 자연 그대로와 많은 사람들을 만끽했다. 숲길, 산길만큼이나 조용하고 아늑한 곳. 이곳 사람들의 성향과 문화를 가까이에서 보고 듣고 움직인다. 소와 스님들, 자유로운 개, 원숭이, 새, 삼륜 택시 오토릭샤, 세 발 오토바이, 자전거, 택시. 모든 게 자유롭게 교차한다. 다시 돌아와 숙소 근처에 있는 식당에서 인도 백반을 먹었다. 50루피. 매워서 아주 좋다.

승희와 분열…. 미안했다. 오늘따라 이상하게 마음이 우울했다. 내가 어디로 갈지, 앞으로 어떻게 해야 하는지, 모든 것이 답답해졌다. 그래서 승희도 걱정됐다. 말다툼을 하다가 또 서로 화를 냈다.

영화 〈블랙 미러〉와 다큐멘터리를 봤다. 고요한 잠을 청한다.

#칼리

새로 옮긴 숙소에서 맞이하는 첫날 아침. 햇살이 들어오는 창가 아래 넓직한 책상이 있다. 엄마와 나란히 앉아 책을 읽고 글을 쓴다. 따뜻한 툴씨 차, 커피 두유, 꿀, 토마토, 바나나, 사과, 순무와 함께. 이렇게 평화롭고 고요한 아침이라니. 이곳에서 쭉 살아도 좋겠다. 이렇게!

엄마가 오늘 우울해 보였다. 나도 날씨가 추워서인지 축축 쳐졌다. 나가기에는 너무 추웠지만 억지로 몸을 일으켜 엄마가 좋아할 만한 템플로드를 산책하기로 했다. 달라이라마 사원 근처 길을 한 바퀴 도는 산책로인데, 스님들과 여행자들이 많이 다니는 행로이기도 하다.

엄마는 가는 내내 휴대폰 카메라를 들고 거리를 찍었다. 나는 여행하면서 사진을 찍는 것을 그렇게 좋아하지 않아서 엄마에게 안 찍어도 된다고 말했지만 엄마는 모든 풍경을 기어코 동영상으로 모두 찍었다. 템플로드에서 원숭이도 마주

치고, 티베트 스님도 마주쳤다. 엄마가 사진을 찍어도 되냐고 묻자 한 스님이 활짝 웃으면서 휴대폰을 바라봤다. 엄마의 카메라에 스님의 환한 미소가 남았다.

엄마는 나를 보며 웃으며 표정으로 이야기했다.

"거봐, 사진 찍어도 괜찮잖아!"

엄마랑 나는 템플로드를 따라서 오랫동안 걸었다. 오르막길이 나왔을 때 우리는 둘 다 지쳤다. 배가 고파서였을까? 우리는 식당에 가기로 했다. 식당을 찾는 동안 배고픔을 견디기 힘들었다. 50루피에 배부르게 먹을 수 있는 인도 백반을 파는 작은 식당을 찾았다. 엄마는 그곳 음식이 맵다며 좋아했다. 나는 매운 걸 못 먹어서 헥헥거리면서 겨우 밥을 먹었다.

해가 지기 전 집으로 돌아왔다. 엄마랑 뭐하고 놀까 하다가 영상을 보기로 했다. 엄마가 조금이라도 우울해지면 그 사람을 떠올리게 될까 봐, 그래서 다시 위험한 그 관계로 들어갈까 봐 나는 조바심이 났다. 엄마의 아픈 기억이 다시 현실이 되지 않았으면 하는 마음에 엄마와 함께 볼 만한 데이트 폭력 관련 영상을 찾아봤다.

그런데 유튜브에서도, 영화에서도 도저히 만족할 만한 (데이트 폭력을 피해자의 문제로 돌리지 않으면서, 그 근본적인 원인인 여성 혐오적 태도나 성 역할을 규정하는 이분법적 사고가 없으면서, 예능적인 요소가 가볍지 않으면서 또 너무 지루하지 않은) 영상을 찾기 힘들었다.

반나절을 유튜브를 검색하면서 보내기도 했다. 팟캐스트에서 데이트 폭력 편을 검색해서 들어보기도 하고, 네이버 블로그에 검색해서 데이트 폭력에 대해 경각심을 가질 수 있는 콘텐츠들을 찾아봤다. 그러다 결국 자극적인 살인 뉴스를 전하는 영상을 보게 되었는데, 이것들은 모두 당장에 불을 끌 수 있는 정도이지, 새로운 집을 만들 수 있는 에너지를 주는 이야기가 아니었다. 절망스러웠다.

그런데 엄마를 걱정하는 마음은 내 생각일 뿐, 엄마는 그 관계에서 폭력만을 경험했던 게 아니었을 거고, 엄마도 사람인데 그 사람이 생각날 수도 있겠다는 생각이 들었다. 나는 무기력해지다가 답답해 하다가 다시 기운을 내다가를 반복했다.

　그래도 일단 여기는 인도고, 한국으로 당장 가지 못하니까. 엄마는 일단 여기서 안전하니까. 그런데 안전한 것만으로 괜찮을까. 엄마는 나를 걱정하고, 나는 엄마를 걱정한다. 우리 그냥 이대로 행복할 수는 없는 걸까.

#아난다

오늘은 낮잠을 푹 잤다. 나의 우울한 감정과 생각들이 나의 마음을 온통 뒤흔든다. 내가 나에게 화가 나기도 하고, 그 마음이 승희에게 그대로 전해져 미안했다.

숙소에서 점심을 간단하게 먹었다. 야채 볶음밥이랑 버터 팬케이크, 따뜻한 차를 함께 맛있게 먹고서 승은, 승희 아빠와 통화했다. 다큐멘터리 〈나는 살인자다〉와 삭발을 한 여성이 나오는 영화 〈어느 날 인생이 엉켰다〉도 봤다.

3시쯤 다람살라 메인 시장에 오토릭샤를 타고 다녀왔다. 가는 길은 경사가 심해 잘 구경은 못했지만 시장의 소박함과 자연의 경이로움에 다시 한번 감탄했다. 시장에서 매니큐어, 핀, 카디건 세 벌, 고추, 토마토, 코코넛, 속옷가지를 샀다. 장을 보다가 중고 가게를 운영하는 한국인 친구를 만났다. 반가웠다. 우린 식당에 들러서 프라이드치킨, 야채샐러드를 맛있게 먹고, 택시를 타고 다시 숙소에 왔다.

　승희는 내 옆에서 타이핑을 치고 있다. 정겹다. 오늘 나는 생각이 많았다. 지나간 인연들에 대해. 어디선가 다들 잘 살고 있겠지. 떠나보내는 마음과 잡지 못하는 마음은 왜 이렇게 가슴 아프게 자리 잡는지 모르겠다.

　생각해 보니 내가 그들의 마음을 더 아프게 했던 것 같다. 그때는 왜 그리도 모질었는지. 지나간 그 사람도 가끔 내 생각을 할까? 진정 사랑이 무엇일까! 승은 아빠는 날 사랑한다고 하는데 글쎄. 난 아무 생각도 나지 않는다. 미울 때도 있지만 조용히 항상 내 곁에 있는 승은 아빠. 이것 또한 우정이고 사랑이겠지. 지금 이 고요한 밤에 나는 사랑하는 딸과 나란히 앉아 글을 쓴다. 아주 좋다.

승희한테 오늘 많이도 미안하다. 엄마를 신경 쓰는 마음이 와닿아서 더 마음이 아프다. 다 큰 예쁜 딸들! 굳세게 살아야지! 늘 승은, 승희를 걱정했는데 이제는 다 커서 딸들에게 위로와 힘과 용기를 받는다. 너무 감사하다. 감사해요. 내 곁에 딸들을 주셔서.

#칼리

다람살라 시장에 가기 전까지 우울하고 축 처지
는, 무언가에 막혀 있는 느낌이 들었다. 슬픈 꿈을
꿨다. 너무 슬퍼서 새벽 다섯 시쯤 잠에서 깼다.

　꿈에서 나는 아주 꼬불꼬불하고 부스스한 머리에 입술은
약간 비뚤어져 있고(오른쪽 윗입술이 더 올라가 있는 내 실제 입술
모양처럼), 눈은 흐리멍덩 바보 같이 뜨고, 까맣고 빼빼 마
른 모습의 어린 나였다. 그때 누군가가 나를 보고 "너는 많
이 더럽고 사실 덜떨어진 거 너도 솔직히 알지?" 이런 말을
했다.

　그 말을 듣고 사람들을 쳐다보니 정말 나는 좀 이상한, 무
언가 한참 모자란 인간이 된 느낌이었다. 사람들이 더럽고
모자란 바보라고 진지하게 말하는, 바보라는 말에 붙은 온갖
상징을 제거한 그런 바보. 충격 받았다. 영화 〈식스센스〉 혹
은 〈셔터 아일랜드〉처럼 사실은 내가 가장 바보일지도 모른
다는 그 공포감이 꿈에서 생생하게 느껴졌다. 너무 슬퍼서

잠에서 깼다.

저 밑바닥에 있는 내 열등감의 뿌리까지 내려갔다가 온 느낌이다. 이건 과장해 느끼는 것이기도 하고 사실이기도 하니까. 꿈에서 깨자 이불이 유독 무거웠는데 그게 절망 같았다. 이제 나 어떻게 살지. 이렇게 바보인데 뭘 하고 왜 살지. 슬펐다. 그래도 꿈을 적어두어야지, 아니 좀 더 잘까 하다가 다시 잠들었다. 다시 잠에서 깨도 슬펐다.

엄마의 아침 인사를 받고 나서야 꿈의 흔적에서 빠져나왔다. 일어나 꿈 일기를 적는데 엄마가 무슨 꿈을 꿨는지 물었다. 엄마가 알면 속상할 것 같아서 망설이다 화장실에 가서 오줌을 싸는 동안 아무것도 아니라는 듯 말했다.

"어 그냥~ 꿈에서 누가 나한테 너 바보 같다고 해서 슬펐어. 꿈 일기 쓸 땐 길었는데 이렇게 말하니까 엄청 짧네!"

이상하고 허접한 나를 보고 엄마가 속상할까 봐 그게 걱정되어서 솔직하게 말하지 못했다. 옛날부터 그랬다. 친구들이랑 사이가 안 좋을 때도 엄마가 걱정할까 봐 말하지 못했다. 어쩌면 그렇게 부족한 나도 내가 먼저 사랑해 주면 되는데. 엄마도 내가 그러길 바랄지도 모르는데.

　우리는 언니에게 전화를 걸었다.

　"오늘은 이런 날이네."

　"우리도 오늘 그랬어."

　"여기는 날씨가 흐려."

　"오늘 다 그런 날인가 보네…."

　이런 말로 공감해 주는 목소리가 들린다. 언니도 꿈을 꿨
고 엄마도 꿈을 꿨다. 수화기 너머 언니의 다정한 연결감만
으로 아난다 막내님과 진짜 막내인 나는 마음의 평안을 얻
는다. 언니 만세! 엄마와 나는 늘 언니에게 위로를 받는다.
엄마와 나에게는 '망나니', 언니에게는 '우리 집 기둥'이라는
별명이 괜히 붙은 게 아니다.

　엄마는 영화를 보고 싶다고 했다. 엄마를 위해 영화를 고
를 때마다 절망을 떠안는 느낌이다. 이 영화는 무섭긴 한데
너무 개인의 문제에만 치중해서 엄마에게 안 좋을 것 같고,

또 저 영화는 재미있긴 한데 설명을 너무 어렵게 해서 엄마가 이해하기 귀찮아할 것 같고, 이 영화는 여성을 너무 대상화해서 별로일 것 같고…. 이런저런 생각들로 영화를 고르는 일이 쉽지 않다.

혼자 넷플릭스나 유튜브에서 볼 영상을 고를 때는 이렇게까지 고민하지 않았던 것 같은데. 별로면 딴 걸 틀면 되니까! 그런데 엄마랑 함께 볼 영화를 고르는 건 마치 기회가 한 번밖에 없는 일 같다.

'이럴 때 언니라면 어떤 영화나 영상을 추천했을까', '이럴 때 언니는 뭐라고 했을까' 생각하면서 언니라면 골랐을 법한 영상을 고르거나 아예 다른 일, 예를 들면 주역점 보기나 글쓰기를 하자고 한다. 그러다가 결국 엄마가 선택한 영상은 넷플릭스 다큐멘터리 〈나는 살인자다〉였다. 거기에는 폭력을 저지른 개인을 이해하는 듯한 뉘앙스가 나왔다. 이걸 엄마가 본다고 생각하니까 그 사람을 용서해야 한다고 생각하지 않을까 걱정됐다. 그러다가 나중에는 분위기를 바꿔서 다른 영화를 보는 게 낫겠다고 판단했다.

"엄마 우리 다른 거 볼까?" 엄마는 계속 살인자 이야기를 보고 싶어 했지만 마침 와이파이가 불안정해서 서서히 영상이 끊기는 느낌이었다. 넷플릭스 홈 화면으로 돌아와 〈어느 날 인생이 엉켰다〉라는 삭발한 여자의 이야기가 나오는 영화에 손가락을 멈췄다. 이전에 졸면서 보다가 결국 꺼버렸던 영화다. 엄마는 삭발한 여자를 보자고 재미있겠다고 했다. 바로 이거다.

여성에게 지워지는 역할에 대해 생각할 수 있는 영상일 거라 생각했다. 문득 이렇게 쉴 새 없이 생각하면서 바짝 긴장해 있는 내가 낯설어졌다. 정말 열심히 혹은 습관적으로 이렇게 애쓰고 있구나. 영화를 보다가 엄마는 잠들었다. 나는 혼자서 보지 못한 결말 쪽으로 빨리 감기를 해서 대충 영화를 다 봤다.

내가 열세 살 때 엄마와 아빠는 정식으로 이혼했다. 엄마는 이혼 후에도 집에 몰래 들어와 반찬을 해놓고 청소를 하고 사라지곤 했다. 학교에서 집에 돌아오면 그런 엄마의 흔

적이 느껴져서 슬펐다. 엄마를 잡고 싶어서 엄마가 집에 있
으면 신발장을 테이프로 감싸버렸다. "엄마 가지 마, 보고
싶어" 하면서 밤새 엄마에게 전화를 걸기도 했다. 엄마가 없
는 집은 생명이 없는 폐허 같았다.

엄마를 붙잡은 후로 나는 살면서 한 번도 누군가를 붙잡
은 적이 없다. 그렇게 처절하게, 온 힘과 열정을 다해서 잡
은 적이 없다. 스무 살부터 4년 동안 만났던 연인이자 동지
였던 사람이 떠날 때도 그랬고, 오랫동안 깊은 정을 나누었
던 사람들과 오해가 생길 때도 그랬다.

누군가를 비참하게 잡아도 소용없다 생각했고, 더 이상
잡히고 싶지도 않았다. 그런 화면이 재생되는 걸 원치 않았
던 것일지도 모른다. 엄마는 내가 처음이자 마지막으로 바
짓가랑이를 잡았던, 가지 말라고 돌아오라고 외쳤던 사람
이다.

엄마가 돌아옴과 동시에 나는 비슷한 느낌의 우울한 애
정, 편안한 불안과 행복한 부담감, 죄책감과 잡아야 한다는
묵은 감정 혹은 습관이 올라오는 것 같다. "무엇보다 엄마가

다치면 안 되니까"라고 말하면서도 어느새 그 이유를 까먹기도 했다. 엄마에게 폭력을 휘두르던 그 사람에게 엄마가 가지 못하도록 하는 이유가 뭐였더라, 할 때가 있다.

그만큼 엄마의 상황이나 처지를 생각하고 그 입장이 되기보다 여전히 어렸을 때 엄마를 붙잡던 내 행동이 습관처럼 튀어나오고 있다. 엄마를 볼수록 거울처럼 그 안에 내가 보이는 건 뭘까.

적어도 이곳 인도에서는, 엄마는 엄마가 살았고 그놈이 살던 동네에 가지 못한다. 위험한 곳에 가지 못한다. 그리고 내가 어떤 영화를 고르든 엄마는 알아서 공부하고 어떻게든 할 거다. 엄마는 적어도 바보가 아니니까. 나처럼. 아니 누구나 좀 바보니까. 그래도 내가 할 수 있는 최선의 무엇을 하고 싶다. 소중한 시간에 최선을 다하고 싶다. 사랑하니까!

이런 애쓰는 사랑을 언제 또 해봤을까. 사랑은 노동일까? 엄마가 나에게 어린 시절 그렇게 많은 돌봄 노동(먹이고 재우고 입히고 씻기고)과 감정 노동(잘못된 걸 알려주고 타이르고 마음속에 뭐가 있는지 물어봐 주고)을 해준 것처럼?

이렇게 일기를 쓰고 나서 엄마와 인도 영화 〈지상의 별처럼〉을 봤다. 오늘 꿈에서 본, 딱 그렇게 덜떨어진 그런 아이가 주인공이다. 엄마의 바짓가랑이를 붙잡던 어리고 투박하고 주의 산만하고 안 씻어서 더러운 그런 아이를 안아주라고, 안아줄 때가 되었다고 말해주려 그런 꿈을 꾸었나 보다.

#아난다

고요한 아침이다. 찬란한 햇빛이 산과 대지를 비춘다. 차 한 잔과 사랑하는 딸과 브로콜리, 토마토, 당근, 완두콩, 컵라면과 함께 있다. 예쁜 대지 위를 날아다니는 수많은 피조물들. 커다란 우주의 틀 안에서 작고 작은 피조물들이 하나로 연결되어 공생한다.

　다람살라 고지대에 위치한 이 게스트하우스도 참 좋다. 이 느낌. 자연, 경이로움, 순박함. 산의 나무들, 새들의 지저귐, 아늑하고 따스한 마을. 오래전에 읽은 책《모리와 함께

한 화요일》이 떠오른다.

산다는 건 별것 아닌데, 우린 무엇을 위해 이 작고 작은 세상이 영원히 내 것일 것처럼 좋은 차, 큰 집, 명품에 집착하며 살아갈까. 좀 더 생각해 보자!

누군가 이야기했다. 지금 이 세상은 잠깐 내가 머무는 소풍에 지나지 않는다고. 그저 하루, 지금 이 순간을 즐기며 오늘 나를 스치는 모든 사람에게 따스한 말 한마디 건네야지. 그들의 안부를 묻고 사랑을 전하며 말이다. 늘 깨어 있길 원한다. 승희와 아침 내내 방과 베란다에서 책을 보며 필사를 했다. 너무나도 고요하고 멋진 하루다.

다람콧의 입구. 명상 센터가 있는 곳이다. 오토릭샤를 타고 올라왔다. 자연에 전혀 손을 대지 않은 곳. 신비롭고 시원한 곳. 자연의 장엄함과 승희 친구의 소박한 카페가 있는 곳. 이곳은 승희에게 제2의 고향인 것 같다.

좋다는 말로는 다 표현할 수 없을 만큼 경이로움과 신비로움이 느껴진다. 음악과 더불어 도를 닦는 듯한 기분을 누린다. 지금 이 자리가 참 자유롭고 평화로워 내 마음을 더욱 차분하고 고요하게 해준다. 겨울인데도 따사로운 건 대체 왜일까!

승희의 좋은 친구들을 이곳에서 마주쳤다. 미국에서 온 안젤라와 인도 친구 수바스. 둘 다 인상이 너무 좋고 따스하다. 처음 보는데도 편안한 이 분위기는 뭐지?

점심. 서베이션 카페에서 이스라엘 정식을 먹었다. 빵과 야채를 먹고 짜이*를 마셨다. 양배추, 양파, 당근, 토마토, 피망 등등을 잘 썰어 케첩에 볶은 요리가 나왔다. 식빵이나 롤빵에 찍어 먹으면 아침 식사로도 좋겠다. 소스에 꿀도 약간 있으면 맛있을 것 같다. 야호! 신난다.

다람콧에서 내려와 바위로 이루어진 길을 따라 박수 마을로 내려왔다. 작은 시장에 들러서 인도식 여름 치마와 승희의 보라색 숄을 사 가지고 오토릭샤를 타고 왔다. 50루피. 물과 후도 샀다.

-----

* 우유를 넣은 인도 차

다람콧의 자연 풍경은 이루 말할 수 없이 아름답다. 어쩜 자연의 모든 것들이 서로 가까이, 그러나 제각각 자기 할 일들을 하면서 함께 있을까. 자연, 나무, 숲, 새, 동물, 사람, 모두 하나가 되어 더불어 가깝게 사는 모습들! 어디에서나 볼 수 없는 모든 게 이곳에 존재한다.

방으로 돌아와 승희와 음악을 들으며 글을 쓰고 책을 읽는다. 하루하루의 쉼이 내 영혼을 숨 쉬게 한다. 감사한 나날들. 고맙습니다.

#칼리

맑은 날이다. 원래 오늘부터 글을 쓰려고 했던 것 같은데
뭘 써야 할지. 원고를 제출하기 위한 글 말고 그냥 내가 쓰
고 싶은 글은 무엇일지 생각한다. 오늘은 아침에 베란다로
나가 엄마와 햇살을 받으며 커피를 마시며 글을 썼다. 엄마
는 필사 노트와 책을 펼치고, 나는 아이패드를 놓고.

어제까지 있던 서로에 대한 걱정은 끝난 듯했다. 이렇게
서로 몰입할 수 있는 것이 있으면 된 거야. 한국에 있었다면
엄마는 지금쯤 다른 곳으로 휙 갔을 테고 나도 다른 곳으로
휙 가버렸을 수도 있다. 그런데 이곳에서는 의지할 사람이
서로뿐이다. 아무리 화나도 다음날 아침이면 이곳의 따뜻한
햇살을 만날 수밖에 없다. 매일 아침 눈을 뜨면서 정화되는
느낌이다.

엄마랑 다람콧의 서베이션 카페에 왔다. 다람콧은 나무와
풀이 많은 산속에 있어서 오는 길에 엄마랑 오랜만에 화창

2018년 12월 17일

한 마음으로 걸었다. 서베이션 카페에는 작년에 이곳에서
만났던 안젤라도 있고 이곳에서 일하는 수바스도 그대로 있
었다. 엄마가 안젤라와 수바스와 인사를 나누고 우리는 자
리에 앉아 메뉴를 골랐다.

안젤라는 함께 페미니즘 이야기를 하다가 친해진 친구다.
엄마에게 말했다. "저 친구는 페미니스트야! 언니랑 내가 페
미니즘에 관한 글을 쓴다고 하니까 엄청 반가워했어." 엄마
에게 이번 기회로 페미니즘은 이렇게 흔하고 자연스러운 것
이며, 저렇게 선량하고 건강해 보이는 친구도 관심 있어 하
는 주제라는 걸 어필하고 싶었나 보다.

신기하고 반가운 사람들의 얼굴 뒤로 여전한 산과 새와 음
악 들이 있다. 똑같은 나무 의자와 나무 책상 들. 이렇게 평
화로운 곳이 여전하다니. 이곳에는 2년 전, 그리고 6년 전에
왔던 가게도 그대로 있다. 익숙해질 만하면 이전하거나 없
어지는 한국의 많은 가게들과는 다르게, 이곳은 같은 자리
를 20년 넘게 지키는 길거리 화가가 있을 정도로 같은 자리
에서 쭉 일하는 사람들이 많다. 변하지 않는 건물과 사람들

이 있는, 마음의 고향을 엄마와 둘러본 느낌이다.

　내가 오랫동안 나의 집이나 방 없이 떠돌며 생활한 것처럼 엄마도 그랬다. 그런 우리가 낯선 타지에서 방을 구해서 지내고 있으니 신기하다. 생각해 보면 그동안 엄마는 방이 아니라 광야, 광장, 모험, 여행이 필요했던 게 아닐까. 그래야 방에 갇히지 않고 사니까. 엄마는 이런 얘기를 했었다. 너무 힘들 때 집에서 나와 소주 한 병을 들고 모텔에 혼자 가서 소주를 한잔하면서 글을 썼는데, 그게 어찌나 마음이 고요하고 편안했는지 말이다.

　엄마는 내가 이 카페에 두고 갔던 《자연, 예술, 과학의 수학적 원형》이라는 수학 책을 읽었다. 나는 그동안 글을 썼다. 엄마 옆으로 참새들이 지저귀고, 벽 없는 카페 안으로 바람이 마구 지나다녔다. 엄마와 나도 벽 없는 집이 아닐까 생각했다. 그래서 여러 가지 바람이 매일매일 드나드는 건 아닐까 하고. 그러니 매일 흔들리는 것도 당연하다.

#아난다

점심 때 야채볶음밥, 팬케이크를 먹고 짜이를 마셨다. 승희와 미제 사건을 다루는 유튜브 〈토요 사건 팩트〉를 봤다. 여성에게 보복 살인을 저지른 남자들의 이야기. 무서웠다.

5시 10분쯤 밖에 나가서 라면, 사이다, 후 두 개, 과자를 사왔다. 오는 길에 승희와 옥상에 있는 식당에서 밥을 먹었다. 밥을 먹다가 승희와 다퉜다. 그때 까마귀 한 마리가 내

오른쪽 머리를 툭 치고 지나갔다. 집으로 돌아오는 길 내내 서먹하게 걸었다.

곧 인도를 떠난다. 오늘은 밤새우고 싶다. 책을 보거나 글을 쓰거나 영화를 보면서. 내일은 머리 앞부분만 염색을 해야겠다. 오늘은 좀 더 뜻깊은 날을 만들고 싶다.

저녁 때 엄마에게 귤 두 박스, 베지밀 두 박스, 식혜 두 박스, 사이다 두 박스를 보냈다. 19일 수요일에 주문함. 베지밀은 내일 모레 월요일에 도착!

숙소에 가는 길, 엄마랑 다퉜다. 뭐 때문에 다퉜는지 잘 기억도 안 난다. 나는 엄마가 술을 마셔서라고 생각하기로 했다. 우리는 분명 기분 좋게 전망 좋은 옥상 식당에서 밥을 먹고 있었다. 엄마는 술을 조금 한 상태였다.

엄마는 늘 그렇듯 걱정하는 말을 했고, 나도 엄마가 걱정된다는 말을 했다. 엄마는 자신에게 화가 난 건지 나에게 화가 난 건지 무언가 화가 났고, 나도 그랬다. 아마 엄마는 내가 삭발한 것이 마음 아픈가 보다. 무언가를 포기했다고 생각할지도 모른다.

아무리 생각해 봐도 우리가 싸우는 이유를 알 수 없다. 결국 엄마의 걱정이다. "너네는 어떻게 하니. 승은이는 왜 결혼은 안 하고 애인들이랑 같이 사니. 승희 너는 왜 한곳에 못 있고 이리저리 다니니. 돈이 있어야 해. 그건 현실이야." 결국 이런 레퍼토리다.

어떤 날은 "승은이와 승희가 사는 모습이 너무 멋지다"라고 응원해 주는데 어떤 날은 그게 걱정으로 뒤집어진다. 그걸 알면서도 마음의 평정이 자꾸만 깨진다.

내가 이런 말까지 했다.

"나 죽는다!"

"나도 죽을 거야!"

지지 않고 내가 말했다.

"나 죽을 거야 지금!"

역시 둘 다 분노를 잘 조절하지 못한다. 그때였다. 갑자기 검은 새가 나란히 앉아 있는 엄마와 나 사이를 툭 치고 지나갔다. 검은 새의 오른쪽 날개에 엄마의 머리카락이 헝클어졌다. 다투던 우리 사이에 침묵이 찾아왔다. 말하지 않아도 뭔가를 느꼈다. 그렇게 다투다가 다시 웃다가 또다시 다투면서 우리는 집으로 왔다.

내일 모레에 이곳을 떠나 비행기를 계속 탈 예정이다! 그렇게 싸웠지만 절대로 흔들리지 못하는 어떤 믿음 때문에라도 다시 우리는 영감을 받으면서 글을 쓰고 책을 읽고 그림

2018년 12월 18일

을 그리고 있다.

집으로 돌아온 엄마와 나는 언제 그랬냐는 듯 말했다.

"엄마 어떻게 나한테 그런 말을 할 수 있어?"

"화나면 무슨 말이든 못 하겠어."

"그래도 그렇지. 그건 심하잖아."

"엄마도 할머니랑 싸울 때 '우리 집엔 너 같은 년 없어' 이런 소리 들었어. 그래도 진심은 다 알고 있으니까."

사실 엄마가 걱정된다. 한국으로 돌아가면 우린 어떻게 될까? 많은 여행의 끝이 그런 것처럼 아무 일도 없었다는 듯, 엄마는 또다시 그 사람에게 가게 될까? 나는 어떻게 될까? 엄마를 걱정하는 내가 사실 이상한 걸까? 별별 생각이 드는 밤이다.

#아난다

일어나서 승희와 다큐멘터리 〈람 다스, 고잉 홈〉
을 봤다. 하루하루 어떻게 사는 게 중요한 것인지 다시 생
각해 본다.

지금 내가 있는 곳에서 육체의 고통을 더 이상 느끼지 않
고, 내 마음을 하루하루 견고하게 다져간다면, 마지막 순간
도 편안히 받아들이고 잘 순응하리라 믿는다. 벌써 우리가
인도에 온 지 열흘 정도 되었다. 좋았다. 잊지 못할 것이다.
나의 첫 여행. 인도!

말로만 듣던 인도에서 많은 인상을 받았다. 영국의 식민지였던 이들의 삶은 몹시도 아팠을 텐데, 순수한 영혼과 삶이 그대로 남겨져 있다. 내가 느끼는 감정을 어디에서나 똑같이 나눌 수 있다는 걸 알게 되었다. 모든 것에 감사하다. 잊지 못할 것이다.

#칼리

엄마랑 하루 종일 영화를 봤다. 죽음과 영혼에 대한 다큐멘터리를 보면서 엄마와 영적 도반이 된 느낌이었다. 우리의 격정은 죽음이나 영혼에 대한 이야기 앞에서 조금 사그라진다.

　엄마는 할머니가 마흔아홉 살에 낳은 늦둥이였다. 칠 남매 중에 막내. 사람들은 엄마가 목사님이 될 사람이라고 했다. 목사님이 태어났다고. 엄마에게는 위로 두 명의 언니가 더 있었다. 작은 이모는 혼전 임신을 했다는 이유로 가문의 이름을 더럽혔다며 홀로 방에서 목을 매고 돌아가셨다. 엄마는 그런 광경을 지켜보면서 자랐다.

　엄마는 자상한 외할아버지와 오빠들을 보면서 모든 남자가 그렇게 착하고 다정한 하나님, 아버지 같다고 느꼈고, 순결 주의와 여성의 역할을 교육받으며 자랐다. 엄마는 스무 살에 임신을 해서 아빠와 결혼했고, 교회에 나갔다. 엄마는 아빠랑 싸우고도 교회에 다녀오면 '원수도 사랑하라'는 가르침대로 아빠를 사랑한다고 말하곤 했다. 한국에서 엄마가 할 수 있는 신앙생활은 남자 목사님이 설교하는 그런 교회가 전부였을 거다.

엄마는 교회를 다니고 찬송가를 부르며 기도를 하고 방언을 했지만 그곳에서 엄마에게 준 이야기는 '여성'으로서의 역할이었다. 엄마는 목사가 될 수도 없었다. 군인의 아내. 누구의 엄마. 그런 엄마가 보란 듯이 이곳에서 아난다의 이름으로 교회도 가고 절에도 오게 된 지금을 생각하면 뭔가 통쾌하다.

5년 전, 내가 어디로 가야 할지 앞으로 어떻게 살아야 할지 알 수 없을 때 자살 대신 선택한 곳이 인도였다. 인도에서 나는 다른 세상도 있음을 알았다. 이렇게 삐뚤빼뚤하고 흐물흐물하고 망나니 같은 나도 여기서는 자연스러워 보였다. 그런 공간이 지구상에 존재한다는 게 위로였다. 그런 위로를 엄마에게도 선물하고 싶었다.

꼭 여성의 역할, 가족 구성원의 무엇이나 사회에서 쓸모 있는 무엇으로 있지 않아도, 있는 그대로 온전하다는 걸 느낄 수 있는 공간이 내게는 인도였다. 여행지라기보다는 버림받은 바리데기가 향했던 서천서역국처럼, 저승에 가까운 곳이기에 인도에 왔었다.

바리데기는 일곱 번째 공주로 태어나 딸이라는 이유로 부모에게서 버려졌다. 나중에 부모가 아프자 바리데기는 불로장생약을 구하러 죽은 사람만 갈 수 있다는 서천서역국으로 향했다. 서천서역국은 지금의 인도다. 바리데기가 왔던 서천서역국처럼 내게 인도는 죽음의 고향이기도 했다.

여자라서 버림받은 바리데기가 상처를 극복하고 다녀간 곳. 그런 고향을 엄마에게도 선물하고 싶었는지도 모른다. 선물보다는 결의에 가까운. 바리데기가 갔던 여정처럼 끝까지 가보고 싶은, 호기심 많은 그녀들이 선택해 온 오래된 여정이다.

물론 인도도 여성 차별과 여성 혐오가 심하다. 지구 어딜

가나 그렇듯. 하지만 적어도 나에게는 한국에서 성차별을 감내하면서 자기만의 방 하나 구하기 어려운 경제적 상황으로 이 집 저 집 전전하는 것보다, 인도에서 성차별 인종 차별을 만나면서도 여행하는 사람들과 친구 맺고 수행하는 생활이 합리적인 선택이었다. 이런 삶의 방식을 엄마에게 소개시켜주고 싶었는지도 모른다.

인도의 헐렁하고 흐물흐물한 분위기는 내게 위안이었다. 발이 더럽고 신발이 찢어져도 소똥이 묻어 있는 골목에서는 그게 자연스럽다. 더러워 보이는 걸 숨기지 않으니 더러운 것도 더러운 것이 아니었다. 망나니 같은 나 같은 사람도 여기서는 자유롭다고 느꼈다.

벽이 없는, 뻥 뚫린 카페에서 현지에서 만난 친구들과 즉흥 연주를 하고 노래를 부르고 춤을 추다가 잠들고 다음날 일어나 카페에서 씻고 아침 식사를 하고 뒹굴뒹굴 누워서 그림을 그리는 일상. 오후가 되면 옆 산에 올라가 명상도 하고 비가 오면 옷이 젖는 대로 내버려 두고 첨벙첨벙 바닥에서

발 구르며 노는 일상은 내게 어떤 조울증 약, 우울증 약도 선사해 주지 못한 치유와 회복이었다.

이곳에서 나는 비정상이 아니었다. 엄마도 엄마의 비정상성, 그게 알코올 중독이든 분노 조절 장애든 어떤 비정상의 기준이든. 엄마의 어떤 비정상성, 망나니성도 이곳에서는 이상한 게 아님을 느끼고 엄마가 스스로 죄책감이나 수치심 없이 당당하게 모험을 살 수 있기를 바랐는지도 모른다.

엄마의 모든 일탈을 누가 뭐래도 응원한다고 인도가 이야기해 줄 수 있을 것 같았다. 나에게 그랬듯 말이다. 나의 이런 바람들이 잘 전해졌는지는 모르겠다. 여기까지 와서 나는 도덕 경찰처럼 엄마에게 '폭력은 나쁜 거야. 그러니까 그 사람 만나지 마'를 주입시키려고 한 건 아닌지. 애초에 엄마에게 보여주고 싶었던 건 자유로운 풍경 속에서 편안하게 있는 것 그 자체였는데 말이다.

2018년 12월 19일

#아난다

일찍 일어나서 짐을 정리했다. 최대한 짐을 줄이기
위해 큰 배낭에 많은 옷가지를 다 집어넣었다. 몸이 가벼워
지고 개운했다. 오늘 인도를 떠나서 내일 한국에 도착하면
새벽 5시라 한다. 새벽에는 잠을 깊게 자지 못했다. 계속 꿈
을 꿨다. 어떤 이물질들이 내 입 안에 있는 꿈.

오늘 아침 8시 30분에 비행기를 타고 델리에 간다. 좋았
던 인도 여행이다. 아주 마음 편안히 지내다 간다. 이렇게

한 번 왔다가 다시 한국에 가면 또 언제 오게 될지. 참 난감하다. 다음에 오게 되면 갠지스강 유역 바라나시 화장터에서 생활해 보고 싶다. 인도의 땅 덩어리는 많이 크다. 아주 엄청 많이. 오늘 별은 아주 빛난다. 한가롭다. 햇살이 비친다. 맑은 자연이 천국처럼 느껴진다.

택시. 1,000루피를 내고 다람살라 공항에 간다. 도착까지 오래 걸린다. 아주 좋다. 난 그래도 우리나라가 좋다. 영어를 못해서일까. 물론 여기도 너무 좋다. 오염되지 않고 순수한 자연의 영혼이 그대로 살아 있다. 자유, 순수, 평화, 평온이 마음속에 가득 찬 이 기분을 그대로 가져가면 좋겠다.

후를 하러 간 승희가 오지 않는다. 후가 많이 하고 싶었나 보다. 화장실에 간 건지. 내가 또 감정을 상하게 했나? 난 그저 걱정이 되어서 한 말이었는데. 좀 더 기다려줄걸. 아니 그냥 가만히 있을걸. 난 너무 빠르다. 다 안다. 이제는 넉넉한 마음과 천천히 바라봄, 받아들임, 침묵이 순간순간마다 많이 필요한 것 같다. 태양이 이제는 머리 위. 대지 위로 환하게 올라온다.

2018년 12월 20일

오후 1시 40분. 처음 비행기를 탔을 때는 조금 무서웠는데, 이제는 편안한 마음으로 창문 너머의 경이로움을 만끽하며 갈 수 있을 것 같다. 그래. 즐거운 마음으로 오늘도 좋은 하루를 만끽하자! 지금 이 순간을 즐겨라!

비행기 창문 너머 내려다보이는 인도의 산줄기들이 눈에 박힌다. 누군가 그랬다. 체력 좋을 때 많이 다니라고. 맞는 말 같다. 다른 건 그리 힘들지 않은데, 비행기의 비좁은 좌석이 나의 온몸을 아주 힘들게 한다. 산책과 쇼핑도 좋았다.

해외여행 비행기는 처음이었다. 승희와 동행한 덕에 수월하게 왔다 간다. 항공기 예약, 택시, 오토릭샤. 모두 따라만 다니면 됐다. 어쩜 이렇게 예쁘게 영어를 잘하는지. 너무나도 자연스럽게. 쇼핑하러 가서 흥정도 아주 잘한다. 신기하다. 승희한테는 정말 인도가 맞는 거 같다. 나중에 또 온단다.

비행기에서 기내식으로 빵과 물을 먹는다. 아침을 안 먹어서인지 아주 맛있었다. 슬슬 잠이 온다. 자고 일어나면 어느새 델리에 도착해 있겠지?

델리 도착. 수화물을 챙기고 심사를 받는 데 거의 한 시간이 걸렸다. 참 과정도 많고 사람도 너무 많다. 우리는 2층 카페에 앉아서 음식을 주문했다. 갑자기 치킨이 막 먹고 싶다. 맛있게 먹어야지. 인도에 와서는 야채와 커리를 많이 먹었다. 이제 고기도 먹고 싶다. 지금 제일 먹고 싶은 건 갈치조림, 김치, 무. 치킨도 많이 먹고 싶고, 쉬고 싶다.

델리에서 네 시간 삼십 분 동안 비행기를 타고 방콕에 간다. 와이파이도 안 되니 가면서 좀 자야지. 엄마와 오빠가 많이 보고 싶다. 엄마는 괜찮은지, 오빠는 퇴원을 했는지 궁금하다.

인도도 좋고 다 좋지만. 한국의 고향이 정말 좋다. 그건 왜일까. 향수일까. 그리워진다. 외국에서 오래 지낸 사람들도 나이가 들면 향수병이 생긴다던데 그런 이유에서일까. 인도 식당에서 태극기를 발견했을 때 너무 반가웠다. 이런 게 애국심일까.

그래. 이렇게 하루를 보내며 끄적이던 걸 한국에 돌아가서 다시 보면 웃기고 지금의 나의 마음을 더 잘 알게 되겠지. 야채를 넣은 밀가루 빵과 환타를 먹었다. 맛있었다. 갈 길이 막막해 힘들게 느껴진다. 잠이 쏟아진다. 어제 자는 둥 마는 둥 했더니 빵과 주스에 배가 부르자 두 눈이 감기려 한다.

갑자기 승희가 걱정된다. 승희도 어서 자리를 잡고 안정을 느껴야 할 텐데. 잘하겠지! 잘하리라 믿는다. 믿고 또 믿어줘야지. 난 어떻게 해야 하는지. 잠잠히 신의 음성을 들어야겠다. 내 마음 가는 대로 가고 싶지만. 속상하다. 인간적인 마음들. 왜 자꾸 마음이 힘들어질까.

방콕 가는 비행기에 탑승했다. 비행기를 꽉 채운 사람들. 도대체 다들 어디로 가는 건지 많이도 있다. 창가 측 A에 앉았다. 앞으로 네 시간 삼십 분을 거쳐야 방콕에 도착한다. 짧은 여행이 될 것 같다. 피곤하다. 가면서 좀 자야지. 승희는 옆에서 계속 책을 본다. 승희에게 가방도 사줬다. 진한 갈색 가방. 너무 깔끔하고 예쁘다.

방콕에서 오전 9시 15분에 아시아나 비행기를 타고 당일 오후 5시가 좀 넘어 인천 공항에 도착. 오는 비행기 안에서 승희와 감정 다툼을 했다. 엇갈리는 분위기와 감정들에 힘들었다. 그래도 집으로 돌아와 푹 잠을 자니 괜찮아졌다. '떠날 때는 말없이'라고 했나. 그래. 또 잊자.

#칼리

**엄마와 인도에 있는 내내 근육이 긴장했던지, 비
행기를 타고 오는 길에 몇 번 구토를 했다.** 엄마
는 비행기에서 계속 맥주와 와인을 마셨다. 구토를 하고 돌
아와 나는 힘없이 앉아 있었다. 엄마는 그런 나를 속상하다
는 듯 바라봤다. 걱정은 분노가 됐다. 나를 등지고 혼자 걱
정을 중얼거리는 엄마에게 짜증이 났다. 어떻게 비행기에
서 내렸는지도 기억나지 않을 만큼 두통이 심했다.

비행기에서 내려 탑승구를 지나 인천 공항에서 기다리는
언니를 만나기 전까지 피곤에 절은 우리는 멀찌감치 떨어져
걸었다. 출구 앞에서 엄마가 말했다.

"야 그래도 한국이 좋다. 다시는 안 간다!"

"어. 나도 엄마랑 다시는 안 가."

나는 엄마보다 빠르게 걸어가면서 짜증을 뱉었다. 이렇게
말하는 우리는 다시 인도를 추억하겠지.

지나고 보면 멀리서 보면, 아름답고, 가까이서 보면 어렵

고 성가신 일상들. 이렇게 함께하는 일상이 곧 여행이라는 걸 까먹지 않기 위해 우리는 여행하는 걸까. 애타고 애쓰던 시간들이 떠오른다.

한국 집에 도착해서도 계속 구토가 나왔다. 엄마랑 싸워서 몸이 아픈 걸까 생각했다. 아니면 엄마랑 비행기에서 와인을 조금 마셔서 그랬던 건지도 모른다. 엄마는 와인을 마시고 신경질적인 주사가 나온 거고 나는 그거 때문에 토를 했던 거다. 엄마는 신경을 발산하는 방식으로 그것을 소화한 거고, 나는 다시 토해내는 방식으로 그것을 소화한 거였겠지. 우리는 같은 공기를 마셨기 때문에 싸웠던 거다. 그래서 누구의 잘못도 아니다.

엄마랑 함께한 인도는 추웠고, 야채를 넣은 라면을 많이 먹었다. 많이 걸었고, 오후에 햇살을 받으면서 책도 읽고 영화도 보는 일상이었다. 엄마에게는 기운을 환기한 전환점이었지만, 나에게는 엄마를 걱정하는 습관에 갇혀 있는 나를 발견한 여정이었다.

2018년 12월 20일

우리가 인도에 처음 도착했을 때 낭떠러지 바로 옆 좁은 길을 다닐 때면 무서워서 창밖도 쳐다보지 못하던 엄마는 나중에는 낭떠러지를 곁에 두고도 새를 구경하고 휴대폰 카메라로 풍경을 찍으면서 걸어 다녔다.

영어를 못해서 혼자서 다니기는 무섭다고 말했던 엄마는 처음 보는 인도 택시 기사에게 이름이 뭔지, "알 유 해피?"라며 행복한지 묻고 자신은 행복하다고 말했다. 영어가 안 떠오를 때는 마치 현지인이 한국어를 할 수 있다는 듯 우리 말과 표정, 손짓으로 말했다. "여기가 고향이에요?"라며 손가락을 아래로 가리키다 손을 안으로 모으는 식으로. 신기하게도 사람들 대부분이 그 말을 알아들었다.

엄마는 이번 여행에서 무엇이 인상 깊었는지 말했다.

"같은 하늘 아래 있잖아. 아니 하늘은 다른데 그 아래는 다 같은 것 같아. 사람들도 피부색, 쓰는 언어가 다를 뿐 다 통하고 지나가는 원숭이들, 소, 강아지, 당나귀, 까마귀들이 공존하는 게 좋았어."

우리 숙소 창문에 매달려 있던 원숭이에게 "원숭이야~"

하고 인사하던 엄마는 계속 저 원숭이랑 친구가 되고 싶다고 말했었다.

자신은 아무것도 못 할 거고 자신은 아무것도 아니라는 마음속 딱딱한 무엇을 무너뜨릴 수 있는, 그저 누군가의 무엇이 아닌, 주어진 역할을 벗고 다른 존재가 되어보는, 아무것도 안 해도 되는 시간을 가만히 마련해 보고 싶었는지도 모른다.

드라마틱한 변화를 가져다주지도 않은 여행에서 엄마는 무엇을 느꼈을까. 멀리서 보면 굉장하고 어려워 보이지만 알고 보면 다 똑같고, 겉으로는 다 다르지만 결국 똑같다는 것을. 세상도 국경도 허술하다는 것을. 그래서 어디든 갈 수 있다는 것을 알게 되었을까? 그만큼의 무엇을 느꼈을까?

엄마에게 이번 여행이 언제든 자신이 떠나고 싶을 때 떠날 수 있다는 작은 증거를 마련하는 일, 작은 변화의 가능성을 기억하는 일이 되면 좋겠다. 이런 순간들이 처음이자 마지막 여행이 아니기를. 이런 여행처럼 매일매일 자리를 옮

겨 다니는 자신을 상상하고 새롭게 시작할 수 있는 작은 상상의 힘을 갖기를 바라는 것은 성급한 욕심일까.

인도에서 물었다.

"엄마는 왜 해외여행을 안 갔었어?"

"엄두가 안 났지."

생각해 보니 내 질문은 조금 뻔뻔했다. 아난다는 내 나이일 때 나와 언니를 키우며 하루하루를 보냈다. 내게 여행은 간편한 선택지여도 엄마에겐 엄두가 안 났을지 모른다.

한국으로 돌아온 지 이틀째. 문제는 여전히 우리 앞을 가로막고 있다. 어제도 엄마가 그 사람에게 전화하려는 걸 막느라 다퉜다.

여행은 사람을 드라마틱하게 바꾸거나 문제를 해결하는 마법은 아니다. 다만 아난다에게 다른 선택지가 생기길 바란다. 슬픔을 잊기 위한 술, 몸과 마음에 멍이 들면서도 절실하게 바라던 사랑이 아닌 다른 순간도 가능하길.

여행을 다녀온 뒤 바뀐 점은 있다. 이제 엄마는 나에게 술, 데이트 폭력 피해자만이 아닌, 모험을 좋아하는 아난다다.

#아난다

저녁. 출판사에서 엄마와의 인도 여행을 딸과 함께 책으로 펴내자는 제안이 들어왔다. 기뻤지만 어안이 벙벙했다. 내가 어떻게 책을. 하루하루의 일들을 끄적거렸을 뿐인데. 그날의 생각을 적고, 그곳에서 만나는 이들과의 대화를 남겼을 뿐인데!

"알 유 해피?" 실감이 나질 않는다. 인도에 다녀온 지도 벌써 한 달이 넘었다. 근데 그 제의를 받고 그곳에 적은 일기장을 다시 펼쳐봤다. 마치 그곳에 있는 것처럼 생생하게 떠올랐다. 수많은 종교인들, 사원들, 수행자들이 있는 곳. 버리고 또 버려진 진정한 날 찾았던 시간. 그날의 감정, 그곳의 사람들, 모두 정겹게 느껴진다.

어린 승려들이 붉은 천을 몸에 두르고, 길가로 줄지어 가는 모습들이 지금도 눈에 선하다. 인도를 지금 생각하니 입꼬리가 슬며시 올라간다. 생각만 해도 행복해지는 이유는 뭘까. 그곳에는 사랑, 자연, 동물, 사원 모든 것들이 처음 주어진 것 그대로의 모습을 하고 있어서일까.

승희에게 고맙다. 인도에 다녀온 지금의 나는 낯선 동네에 잘 적응하며, 내가 할 수 있는 일들을 하며, 앞으로의 일만을 생각하게 되었다. 사랑하는 두 딸과 곁에 있는 가족과 함께.

딸들이 있어 너무나 행복하다. 앞으로의 우리의 삶을 위해 뚜벅뚜벅 걸어갈 것이다. 먼 훗날 엄마처럼 내가 할머니가 되었을 때 많이 사랑했고, 또 사랑했노라고 말할 수 있

2019년 2월 1일

게. 힘들고 지치고 상처 입고 가난하고 병들고 아픈 모든 이
들을 위해서 함께할 것이다. 사랑한다. 승은, 승희야. 아주
많이요.

#칼리

인도에서 엄마가 쓴 일기에는 오늘 뭘 먹었는지가 빠지지 않고 들어간다. '만두와 소스, 오이 한 개와 토마토 두 개를 먹었다', '라면, 사이다, 과자를 먹었다.' 한국에서 쓴 일기에도 엄마는 매일 음식을 적었다. 소금이나 콩처럼 작은 것들도.

왜 그렇게 음식을 자세히 적는 걸까 생각했다. 엄마가 음식을 만드는 노동을 많이 해 와서 그런 걸까 생각했지만 그건 너무 좁은 해석이었다. 엄마는 알았던 거다. 식이 신이고 음식이 신이란 것을. 봄에 넝쿨처럼 자라는 나물, 습한 땅에서 자라는 콩, 나무 밑동에 자라는 버섯, 사방팔방에서 오는 신들. 엄마의 일기를 읽다 보면 나도 음식 이야기를 적게 된다.

혼자 인도로 돌아와 지내는 동안 아난다의 일기를 읽었다. 내가 지내는 방에서는 나무가 많이 보인다. 아침마다 원숭이와 소, 강아지, 까마귀도 보인다. 까마귀가 쓰레기통에서 하얀 두루마리 휴지 같은 것을 물고 올라가기도 한다. 어떤 소는 온천탕에 온 것처럼 커다란 쓰레기통에 들어가 눈을 감고 존다. 동네 가게에서 산 시금치를 데쳐서 양파, 마늘, 청양고추, 레몬, 생강, 콩, 고수, 소금, 간장을 넣고 비벼 먹었다. 불린 콩에 두유와 간장을 넣어 끓이고, 삶은 양배추와 함께 천천히 씹어 먹었다. 아난다가 쓰다듬던 마늘과 콩과 양파를 쓰다듬으면서 글을 쓴다.

엄마가 식구들이 다 먹고 난 밥그릇을 혼자서 치울 때 "내가 이 집의 종도 아니고 정말"이라고 했던 날들이 스친다. 엄마는 인도에서 삶과 죽음에 관한 책을 읽고, 사원을 산책하고, 원숭이와 당나귀, 소와 강아지, 새들을 보면서 노래를 불렀다.

그러면서 "승희가 이래서 인도 인도 했구나~"라고 종종 이야기 했다. 아무리 걱정해도 결국 나의 여정을 조건 없이 응원하고 이해해 주는 아난다. 나도 아난다의 모든 여정을 응원할 수 있을 것 같다.

인도 여행 후 한국으로 돌아와 엄마와 함께 살 집을 계약

했다. 방은 2년 계약이었다. 엄마와 함께 한 달을 살다가 계약 기간의 반의반도 지내지 못하고 나는 혼자 인도로 떠나왔다. 엄마는 다시 인도로 가는 나에게 가지 말라고, 보고 싶을 거라고 이야기했지만 그래도 보내주었다. 엄마를 떠나 혼자 인도로 향하는 동안 이런 생각을 했다. '나에게 이곳은 살기 힘드니까, 인도의 공기를 엄마도 아니까. 그러니까 엄마는 이해해 줄 거야. 내가 행복하기를 엄마도 바랄 테니까. 누군가의 딸이나 누군가의 아내나 무슨 역할, 이름이 되는 게 아니라 스스로가 원하는 걸 하기를 엄마는 바랄 테니까.'

내게 '엄마'는 두려움이었다. 여자라는 이유로 엄마의 인생을 닮고 싶지 않았다. 누군가의 아내가 되고 엄마가 되지 않겠다는 다짐을 몇 번이고 했다. 지금은 안다. 내게 필요한 건 엄마처럼 살지 않겠다는 선언이 아니라, 엄마와 여행 가방을 메고 다닐 수 있는 삶을 지금 당장 살아내는 것이었다.

2019년 2월 1일

인도에 다녀온 지도 1년하고 6개월이 흘렀다. 지
금 내 곁에는 막내딸 승희가 앉아 있다. 얼굴에 마스크팩을
붙이고 서로 마주 앉아서 글을 쓰고 있다. 아주 좋다. 이게
꿈인지 생시인지 모르겠다. 얼마 만에 서로 이렇게 가까이
앉아 쫑알쫑알 이야기를 나누는 건지. 사랑하고 나누고 느
끼는 소중한 감정들…. 훌쩍 커버린 우리 딸들을 보며 미안
함과 뿌듯함이 교차한다. 어린 시절 많은 아픔을 서로 고스
란히 받아들이고, 이제는 미움보다 아픔보다 서로 믿고 의
지하며 이해하는 딸들로 성장해 줘서 마음 편안하게 글을 쓴
다. 모든 사람을 사랑할 줄 아는 사람이 되게 해달라고 늘 기

도했던 지난 시간들이 스친다. 이해하고 아파하며 함께 기쁨을 나누는 사람이 되어서 감사하다.

늘 나를 위해 기도하다 돌아가신 엄마의 모습이 떠올라 오늘따라 마음이 아프다. 왜 진작 마음을 못 헤아렸을까. 사람은 참 미련한가 보다. 왜 계실 때에는 잘 살피지 못하고 돌아가신 후에야 주마등처럼 아픔과 아쉬움만 차고 넘치는지.

엄마, 아버지에게 못 다한 사랑을 요양 보호사로 일하면서 우리 어르신들에게 더 드려야지 생각한다. 한 분 한 분 이해하며 외롭지 않게 말벗을 해드리며 곁에서 작은 힘이나마 되어드리고 싶다.

내게는 딸들이 엄마인 것 같다. 작은 것부터 챙겨주고 아껴주는 마음이 엄마와 닮았다. 엄마가 늘 하시던 말씀, 당신은 엄마한테 잘 못해드렸는데 본인은 자식들에게 너무 많이 받아서 미안하다고…. 지금의 내 마음이 이렇게 똑같다….
엄마 사랑해요. 엄마가 곁에 계셔서 저 역시 이렇게 제자리
에서 잘하고 있습니다.

늘 "사랑한다" 이야기하셨던 엄마가 오늘따라 그립습니
다. 그런 엄마를 닮아 나도 늘 우리 딸들에게 사랑한다고 말
하고 있네요. 엄마의 모습을 닮아가고 있는 나. 딸아, 이렇
게 예쁘게 커줘서 많이 고맙고 사랑해.

나에게 "사랑합니다"라고 이야기하는 딸들을 보며 다시
행복과 힘을 얻는 요즘입니다. 세상의 모든 엄마와 딸들
부모와 자녀들이 사랑한다고 진심으로 서로를 안아주면
좋겠습니다!

"사랑합니다."